공정거래
위원회

공정거래위원회 3

2023년 9월 7일 초판 1쇄 인쇄
2023년 9월 12일 초판 1쇄 발행

지은이 현우
발행인 강준규

기획 이기헌 왕소현 임동관 박경무 강민구 조익현
책임편집 금선정
마케팅지원 이원선

발행처 (주)로크미디어
출판등록 2003년 3월 24일
주소 서울시 마포구 마포대로 45 일진빌딩 6층
Tel (02)3273-5135 **Fax** (02)3273-5134
홈페이지 rokmedia.com **E-mail** rokmedia@empas.com

값 9,000원

ISBN 979-11-408-1422-0 (3권)
ISBN 979-11-408-1419-0 04810 (세트)

질 끝판왕 사망
ROK MEDIA
로크미디어
한명그룹
김성균 본부
현우 현대 판타지 장편소설
3
공정거래
위원회

Contents

올해의 공정인상 (2)	9
특허 도둑	31
특허 까 봐	65
중기부 VS 공정위	99
합의 시도	123
다자대면	147
낚시터에서 생긴 일	171
어민협동조합	195
비조합원	219
어쩌다 공개처형	253
재경매	275
8년의 담합 (1)	289

질 끝판왕 사망
한명그룹
김성균 본부
올해의 공정인상 (2)

"으하하. 역시 한 과장 성격 화통하다니까. 수많은 팀장 중에 자네를 추천할 줄이야."

"제가 덥석 받아도 되는지 모르겠습니다. TF팀 모두 고생했는데."

"아서. 올해의 공정인이 수사 하나 잘했다고 주는 걸까봐? 이 팀장 종합 성과 고려해서 주는 상이야. 이럴 땐 그냥 넙죽 받으면 돼."

종합감시국으로 복귀하니 오 과장이 만연한 웃음으로 환대해 주었다.

그럴 만도 했다.

공정인상 제정 이래 처음 받아 보는 '올해의 공정인' 아닌가?

타 부처를 돕는 부서라 종합팀의 성과는 늘 과소평가되었다. 올해의 상은 지난 10년의 치적을 보상받는 일이기도 하다.

"그리고 듣자 하니 한 과장 칭찬이 대단하던데?"

"예?"

"다들 입 다물고 있을 때, 혼자서 웹튜브 쳐야 한다고 주장했다며. 막판에 광고 규제안 끌어낸 것도 이 팀장 아니야?"

"그건 한 태종님에게 당했습니다."

"흐하하. 한 태종? 이 팀장도 그 별명을 알아?"

"완전 아바타로 활동했는데요, 뭘."

웹튜브를 상대할 때도 사실상 한 과장의 아바타였다.

그녀가 준 구체적인 제재안으로 놈들에게 전달했으니.

"웹튜브한테 국감에 소환해 버릴 거라 했던 것도 한 과장님이었습니다. 저야 뒤에 있는 호랑이 믿고 으름장 몇 번 놓은 거죠."

준철과 오 과장은 딱딱한 종합 보고 대신, 수사 뒷얘기를 나눴다.

본청에서 준 수사 자료가 몇 달 만에 따블이 되고, 핵심 연루자가 동료들을 고발하며 자백을 했다. 이 덕분에 웹튜브를 규제할 수 있었다.

지금 돌아보면 어찌 성공했나 싶을 만큼 대단한 수사.

"어째 들으면 들을수록 자기 고생한 거 어필하는 거 같다?”

“……그런 감도 없잖아 있습니다. 저희 이번에 파견도 길었잖습니까.”

“엄살 부리지 마. 어차피 연말까지 큰 사건 없어.”

“정말입니까?”

“빵빵이 많이 돌렸으니까 이젠 좀 놀려야지.”

그리 말하며 그가 서류를 건넸다.

“들어오는 자료나 고발 있으면 내년으로 돌려. 어차피 연말엔 기존 수사 재검토하는 게 전부야.”

공식적으로 이번 년에 더 큰 사건은 없다는 얘기.

준철은 넙죽 고개를 숙이며 서류를 받았다.

그렇게 나가려 할 때 오 과장이 말했다.

“아, 이 팀장. 공정인상 절차는 아나?”

“잘은 모릅니다만, 특별히 준비할 게 있나요?”

“잘 알 필요까진 없는데, 올해의 공정인상은 공정위원장님이 특별히 수상하는 거야. 그것도 시무식 때.”

“아…….”

“군대로 따지면 국방장관 표창인 거 알지? 양복이나 새 걸로 하나 장만해. 참고로 너무 신난다고 여기저기 소문내고 다니지 마. 시상 당일까진 공식적으로 기밀이니까. 흐흐.”

소문은 과장님이 내고 다니실 것 같은데…….

근사한 회 접시에, 흐물거리는 산낙지 탕탕이.

기름장에 푹 담가 입에 넣으니 고소한 풍미가 입안을 가득 채운다. 얼큰한 매운탕까지 금상첨화가 따로 없다.

"모두 한 해 고생했습니다. 내년엔 더 고생해 봅시다!"

여의도 종무식 풍경은 회사원이든, 공무원이든 크게 다르지 않다.

의사당부터 지하철역까지 포장마차가 즐비했고, 떠들썩한 분위기가 망년 기분을 물씬 느끼게 해 주었다.

"우리도 넥타이 풀고 한잔할까요? 거국적으로다가."

"좋지- 종합감시팀의 무궁한 발전을 위하여!"

"위하여!"

만성피로에 찌들어 있는 종합감시팀도 오늘만큼은 이팔청춘이었다.

성공적인 수사를 넘어서 기대 이상의 성과를 내지 않았나.

웹튜브의 새 운영 지침 발표는 내부에서도 예상 못 한 결과였다.

"근데 뭐 우리한텐 떨어지는 거 없나요."

"왜? 2차는 참치 먹고 싶어?"

"회식이야 광어든 참치든 상관없는데. 다른 부상이 없나 하는 거죠, 흐흐. 웹튜브 저렇게 만든 게 누군데."

"나도 막 벌써부터 설 상여금 기대되고 그럽니다."

김 반장은 반원들의 행복회로를 무참히 꺼 버렸다.

"아서라. 이번 사건에서 우린 어디까지 협력 부서야. 주무 부서는 소비자안전정보과고."

"치- 그건 좀 심한 것 같습니다."

"연말을 이렇게 꽁으로 나는 것만도 땡큐지. 행정소송으로 갔으면 이러고도 못 있는다."

김 반장의 말은 지극히 사실이었다.

만약 기업들이 공정위 행정처벌에 불복하기라도 했다면, 지금쯤 행정소송을 준비하고 내년에 있을 재판도 준비해야 했다.

어쩌면 가장 뜨거운 겨울을 보낼 수도 있었던 셈.

"맡은 사건마다 행정소송 안 가고 다 이겼으면, 이걸로 족해야지."

그리 말하자 모두의 이목이 준철에게 쏠렸다.

이제 보니 참 희한한 팀장이다.

보통은 공정위에서 징계 내리면 기업은 소송으로 가고 오만 진흙탕 싸움을 다 하는데.

매번 맡는 사건마다 어쩜 이리 깔끔하게 마무리했을까?

"덕분입니다, 팀장님."

"별말씀을요."

"그러지 말고 팀장님. 한 말씀 하셔야죠."

"아 그래도 명색이 종무식인데 한 말씀 들어야 하는 거 아닙니까. 아님 노래라도 하시든가."

김 반장이 소주병에 숟가락을 꽂자 낄낄거리는 소리가 들렸다.

"노래하실 겁니까? 아님 멋있는 내년 출사표 하시렵니까."

"……출사표 하겠습니다."

엉거주춤 일어난 준철은 이들을 쓱 보았다.

"여러 가지 의미에서…… 참 나 자신을 많이 돌아봤던 한 해였습니다. 여기 계신 반원분들이 없었다면 이렇게 쉽게 여유로운 연말도 어려웠을 거고요. 늘 저를 잘 따라 주셔서 감사합니다. 내년도 이번처럼 잘 성공적인 한 해가 되었으면 합니다."

"좋아, 다들 건배!"

"다들 3차까지 가는 겁니다! 오늘 같은 날 내빼면 내년에 재수 없어요."

그렇게 시끌벅적한 쫑파티가 이어질 때였다.

"어머, 우리 종합팀은 뭐 만날 이렇게 혼자서들 놀아?"

불현듯 한 과장 목소리가 들렸고, 뒤에는 소비자안전정보과 전 조사관들이 우르르 몰려와 있다.

아무래도 저쪽도 쫑파티를 하는 모양.

올해 가장 주목받았던 사건을 마무리해서인지 그들의 위세는 기세등등했다. 횟집 출입문이 개선문 같았다.

"쫑파티는 TF수사팀이 함께해야지. 이렇게 혼자 재밌게들 놀아도 돼?"

눈웃음 짓던 그녀가 말했다.

"마침 잘됐다. 종합팀도 우리랑 합류해. 뭐 챙겨 줄 새도 없이 훌쩍 떠나 버려서 섭섭했는데."

"괜히 그러실 필요 없는데……."

"왜? 나 없이 내 욕하려고?"

"아, 아닙니다. 과장님 밑에서 많이 배웠습니다."

"그럼 합석하자. 다른 조사관들도 다 편하게 앉아. 나 촌스럽게 회식 오래 안 하는 거 알지? 마시다가 갈 사람은 그냥 가."

한 과장과 팀장들이 착석하자 금세 술판이 커졌다.

"첫 잔은 이 팀장이 따라 줘 봐. 나도 올해의 공정인한테 술 한번 얻어먹어 봐야지."

"……?"

"예? 올해의 공정인?"

반원들이 갸우뚱하자 그녀가 웃음을 흘렸다.

"다들 몰랐어? 이 팀장이 올해의 공정인이잖아."

"아니 그건……."

반원들의 시선이 준철에게 향했다.

아니…… 오 과장님이 미리 떠벌리지 말라고 했는데 그걸 저렇게 말하면.

"진짭니까? 이 팀장님이 올해의 공정인상 받아요?"

"죄송합니다. 오 과장님이 기밀이라고 신신당부하셔서."

"호호. 어차피 시무식 때 발표날 건데, 기밀은 무슨. 축하해, 이 팀장. 이번 수사에서 고생 많았다."

그리 말하자 옆에 있던 팀장들도 슬쩍 가세했다.

"축하해요, 이 팀장님. 고생 많았습니다."

"이번 수사에서 제일 고생 많았죠. 덕분에 성공적으로 수사 마무리했습니다."

구 팀장과 송 팀장은 넉넉한 웃음으로 준철을 축하해 주었다. 수사할 때 가장 충돌했던 두 사람에게 축하를 받으니, 기분이 참 묘하다. 완전히 인정받은 것 같다고 할까.

준철도 엉거주춤 일어나 술을 따랐다.

"감사합니다."

그렇게 술잔을 채웠을 때 한 과장이 말했다.

"잠깐만. 곧 제야의 종 울리겠네. 우리 저거 듣고 잔 들까?"

"좋죠."

"이 팀장이 여기 조사관들 전부 다 한 잔씩 따라 줘. 우리도 좋은 기운 받아 가자."

준철은 술잔을 들고 전 조사관들을 다 따라다녔다.

수십 명의 사람들에게 축하를 받으니 묘한 기분이 들었다.

'진짜 후련하네.'

갑질 사건이 아니라 대기업 규제 사건이라서 그런 걸까?

수사를 성공적으로 마무리해도 찝찝함이 남았던 이전과

달리 오늘은 후련하기만 했다. 어쩌면 죄책감을 조금 지운 걸지도 모르지.

"제야의 종 울립니다! 다들 건배!"

내년도 늘 오늘처럼 같기를 바라며 준철도 잔을 들었다.

"위하여!"

"행시 신입이라고?"

"예. 부임한 지 아직 2년이 안 됐습니다."

부임 2년 차면 아직 짬소위?

"어떤 놈이야. 원래부터 좀 튀었어?"

"아니요. 연수원 기록부에 '소심하다'는 평가가 대놓고 적혀 있을 정도입니다. 전형적인 책상머리랄까? 부임 초기엔 업무 적응도 잘 못했다 합니다."

"그런 놈이 어떻게 이런 사건들을 맡아?"

"주변 얘기론 어느 날 갑자기 딴사람이 되었다고……."

박기철 공정위원장은 가벼운 한숨이 나왔다.

이걸 어떻게 받아들여야 할까? 2년차 사무관이 하청 근로자 산재 은폐, 암보험 불공정 약관을 다 드러내다니.

"이번 뒷광고 수사도 이 친구의 역할이 가장 컸다 합니다. 웹튜브 광고 규제에 선봉장을 맡았다더군요."

더 놀라운 건 이게 단 1년 만에 만들어진 커리어란 것이다.

"허허……."

박 위원장은 도저히 믿기지가 않았다.

그 또한 행시 출신으로, 신입 사무관이 얼마나 제한적인 권한을 가지고 있는지 잘 안다. 일거수일투족을 과장에게 보고하고, 과장이 시키는 일만 하는 게 2년 차의 일상이다.

하지만 이 이력은 내년에 당장 과장으로 진급시켜도 모자람이 없었다.

"누군지는 몰라도 얼굴 한번 보고 싶네."

"자리를 한번 마련해 볼까요?"

"새삼스레 뭘. 시무식 때 볼 텐데."

공정위의 시무식은 올해의 공정인상 시상과 함께 시작된다.

이는 곧 수상자를 확정하겠다는 뜻.

"그래도 한번 만나 격려해 주시죠. 위원장님껜 마지막 시무식인데."

"마지막이 뭐 대순가? 나한텐 격려가 젊은 놈한텐 잔소리야."

"그럴 리가요. 아무리 요즘 젊은 애들 어쩐다 저쩐다 해도, 윗사람 눈에 드는 건 좋아합니다."

"왜 자꾸 늙은이 꼬셔?"

"퇴임 앞두고 많이 헛헛해하십니다. 젊은 친구 만나서 격려해 주시면 옛 생각도 나고 좋지 않습니까?"

박 위원장은 맥없이 웃었다.

퇴임을 앞두고 마음이 싱숭생숭하던 차였다. 역시나 자신을 알아주는 건 사무처장밖에 없다.

"그건 그때 기분 봐서 하지."

하지만 위원장님의 센치한 감성은 그리 오래가지 않았다.

"그나저나 종합 보고 좀 해 봐. 행정소송 60건 증가, 패소율 8% 증가. 이번 년에 공정위 왜 이렇게 일 못했어?"

공정위의 시무식은 올해의 공정인상으로 시작한다.

이는 곧 새해 첫날부터 모두의 주목을 받고 시작한다는 얘기.

오늘을 위해 특별히 장만한 새 양복을 갖춰 입었지만 막상 도착하니 이처럼 초라할 수가 없었다.

'이 정도야……?'

전국에 있는 공정위 간부(과장급)들이 다 모여 있지 않겠나.

오늘 이 자리는 단순한 수상식이 아니다. 공정위원장님이 수상자를 격려하고 새해 목표를 밝히는 자리기도 하다.

어찌 보면 여기에 참석할 수 있는 것 또한 특권.

"느껴지냐, 이 팀장?"

"……예."

"소감이 어때?"

"귀한 곳에 누추한 사람이 와도 되는지 모르겠습니다."

"즐겨. 살면서 국장, 처장, 위원장들한테 박수받는 기회가 얼마나 있겠어? 자부심을 가지라고."

오 과장은 이미 입꼬리가 귀에 걸려 있었다.

하긴 공정인상 제정 이래 종합국 첫 수상자라는데, 꼭 자식 결혼시키는 부모 마음이 들겠지.

"어, 오 과장. 얘기 들었어. 이번 상은 종합감시국에서 수상한다며?"

"예. 그렇게 됐습니다."

"고생했네. 나도 서울에 있을 때 종합국 도움 많이 받았는데, 자네가 팀장들 잘 키웠어."

"부끄럽습니다. 제가 뭘 한 게 있다고."

오 과장이 하객들의 열렬한 축하를 받으며 떠나갈 때, 한유미 과장이 슬쩍 다가왔다.

"이 팀장."

이런 게 엄마 리더십일까?

부드럽게 이름만 불러 줬을 뿐인데, 긴장이 한층 가셨다.

"답지 않게 뭘 긴장하고 있어? 옷도 예쁜 거 입었구만."

"아직도 제가 받아도 되는지 모르겠습니다. 수사는 과장님이 다 지시하셨는데."

"그런 내가 추천한 사람이면 자격은 충분한 거 아니야?"

그녀는 준철의 넥타이를 가다듬으며 말했다.

"정 긴장되면 내가 경험자로서 팁 하나 줄까?"

"예."

"저기 보이지 앞줄? 저 자리가 위원장님 자리야. 2열까지는 국장님들이 다 앉아 있을 거고."

이게 긴장을 풀라는 건지 말라는 건지 원.

"시작 전에 미리 가서 인사 한번 드려. 매도 먼저 맞는 게 낫다고 그럼 마음이 편하더라."

"……제가 불쑥 찾아가도 되는 걸까요?"

"원래 시상식 전에 위원장님이 따로 한번 부르셔. 격려 차원에서."

"아, 인사 먼저 드리는 게 낫군요."

"응. 그때 가서 방금 한 말 또 해 줘. 한유미 과장이 수사지시 잘해서 이 상 타게 됐다고."

"너무하시네요, 과장님."

가벼운 농담으로 부담을 덜고 있을 때, 마이크에서 목소리가 들렸다.

—안녕하십니까. 공정위 가족 여러분. 인사과 박수만입니다. 다사다난했던 한 해가 지나고, 어느덧 새해가 밝았습니다. 시무식에 앞서 공정인상 수상식이 있을 예정이니, 모두 착석해 주시길 바랍니다.

그의 말이 끝나자 출입구에서 엄청난 포스의 사내가 등장하기 시작했다.

준철은 침을 꼴깍 삼켰다.

처음 보는 얼굴이었지만, 누가 봐도 공정위원장이었다.

한 과장이 준 경험자 팁은 소용이 없었다.

위원장님은 국장들과 담소 나누기 바빴고, 도무지 끼어들 틈이 보이지 않았다.

시상식 전에 따로 부른다는 것도 이번엔 예외인가 보다.

―다음은 올해의 공정인상을 발표하겠습니다. 올해의 공정인상은, 종합감시국의 이준철 사무관.

올해의 공정인은 사무처장의 개회사 뒤에 바로 발표되었다.

연단에 오른 준철은 긴장한 얼굴로 상패를 받았다.

사뭇 경직된 얼굴로 상패를 받았지만, 위원장님은 사무적인 축하 인사만 보냈다.

"고생했어요. 이준철 사무관. 내년에도 꼭 분발해 줘요."

흐뭇하게 웃는 것으로 인사는 끝.

'막상 또 안 불러 주니까 섭섭하긴 하네.'

뭐랄까. 참으로 묘하다고 할까?

한명 그룹에서 김성균은 본부장에 이르기까지 단 한 번도 이런 자리를 가질 수 없었다. 늘 부회장의 그림자 수행원이었으니까.

하청 쥐어짜고, 특허 뺏어 오고, 구조조정 단행하며 악역을 도맡았던 인물이었다. 회사가 커 갈수록 공공의 적이 되었지 양지에서 모두의 축하를 받은 적은 없었다.

'…….'

그리 생각하니 괜히 얼굴이 붉어졌다.

아닌 척 다 하면서도 내심 누가 축하해 주길 기대하고 있었다니.

—안녕하십니까. 공정거래위원회 가족 여러분. 박기철 위원장입니다.

소심하게 돌아와 착석하자 공정위원장이 말을 이었다.

—제 마지막 신년 인사가 되겠군요. 퇴임을 앞둬서인지 감회가 더 새롭습니다. 올해의 공정인상은 부임한 지 2년이 채 안 된 사무관이 수상했군요. 이렇게 열정적이고 적극적인 사무관을 보니 주책스럽게 옛 생각이 많이 나는 것 같습니다.

하지만 뒤이어 나온 말은 별로 그렇게 감상에 젖은 말이 아니었다.

—그런 의미에 있어 예년의 성과는 자랑스럽습니다. 지난 우리 공정위는 재작년보다 20%가 넘는 사건에 착수했습니다. 하지만 양적 성장과 달리 그 결과표는 참담합니다. 백여 건 가까운 행정소송과 패소율 증가.

—특히나 특허 갈취, 일감 몰아주기 등 원청의 지능적 갑질에 대해선 우리의 성적표가 참담하기 그지없습니다. 지난 5년간 하청의 특허 탈취 문제에 있어선 단 한 건도 처벌하지 못했으니까요.

그쯤 되자 신년사 분위기가 숙연해지기 시작했다.

—그런 의미에서 봤을 때 우리 공정위가 과연 소임을 다하고 있었나? 이건 냉정하게 되짚어 봐야겠지요.

눈에 보이는 공정위의 성과는 늘었다. 갑질을 밝히는 건 그나마 쉬운 일이었으니까.

하지만 특허 분쟁, 일감 몰아주기 같은 지능적 갑질에 대해선 여전히 실적이 저조했다.

공정위원장은 희망적인 언사로 현실을 호도하지 않았다. 있는 그대로의 현실을 설파했다.

—하지만 저는 오늘 우리의 희망을 보았습니다. 저는 이제 옛사람으로 곧 물러나니, 이 자리의 주인공들은 여러분입니다. 양적으로 성장한 만큼 질적으로도 더 성장하여 더 나은 공정위를 만들어 주십시오. 여러분께 이 점을 꼭 당부드리고 싶습니다.

그의 신년사가 끝날 때 준철의 눈에 국장들의 침침한 얼굴이 들어왔다.

그제야 준철은 왜 오늘 위원장님이 바쁘셨는지 짐작할 수 있었다.

'담소 나눈 게 아니라 쪼인트 까고 계셨네…….'

"이야— 올해의 공정인!"

"왜 그러세요. 부끄럽게."

"뭘 쑥스러워하세요. 충분히 호들갑 떨 만하지! 분위기 어땠습니까?"

"국장님들한테 눈도장 확실히 찍으셨죠?"

사무실로 돌아오니 반원들이 금세 몰려들었다.

자리에 참석 못 한 만큼 그 누구보다 시무식 분위기가 궁금한 눈치다.

한데 그 분위기를 뭐라고 설명해야 하나. 시무식부터 된통

까였다고 전할 수는 없고.

"위원장님께선 뭐라십니까?"

"저희 종합팀이 고생 많았다고 격려해 주셨습니다. 맡았던 사건들 다 언급해 주시면서."

"정말요?"

준철은 태연한 얼굴로 고개를 끄덕였다.

직접 말씀은 안 했지만, 아마도 그리 생각하고 계셨겠지.

"이야— 이거 대박인데. 내가 살다 살다 위원장님한테 칭찬을 들어 보고."

"종합감시국에서 올해의 공정인 탄 것도 처음이잖아."

"솔직히 이번 년에 우리보다 성과 좋은 데가 어디 있어요. 아까 보니까 우리 과장님 입이 귀에 걸렸더만."

사정을 모르는 이들은 박수까지 치며 좋아했다.

김 반장도 흐뭇하게 웃더니 준철의 옆구리를 슬쩍 찔렀다.

"좋으시겠습니다. 팀장님. 공정인상 수상자는 해외 연수에서 무조건 우선 선발인데."

"좋은 건가요, 해외 연수?"

"그걸 말이라고! 비즈니스 타고 FTC(美 공정위) 다녀옵니다. 우리 같은 공무원들이 어디 글로벌 인맥 만들기 쉽나요?"

"아……."

"고글, 에플 같은 다국적 기업 털 때는 무조건 FTC랑 공조해야 해요. 6월에 연수니까 무조건 신청하세요."

하긴 기업에서도 해외연수 보내 주는 게 출세 루트인데.

공무원 해외 연수는 사실상 국비유학생이겠지.

다녀오는 것 자체로도 대단한 커리어다. 물론 당사자인 준철은 딱히 출세 욕심이 없었지만.

"부상은 얼마나 됩니까?"

"50만 원이요."

"아이고- 그건 좀 짜다. 500은 줘야 뭔 상 탄 기분이라도 나지."

"감지덕지죠. 오늘 점심은 제가 한턱 내겠습니다. 다들 모이시죠."

"오- 연초 파티?"

"대표로 받았으니, 여기 써야죠."

그렇게 반원들과 식사 약속이 잡혔다.

반원들은 대충 서류를 정리하고 점심만 기다렸다.

확실히 연초긴 한가 보다.

물밀듯이 쏟아지는 고발이나 제보가 없어 간단한 서류 작업으로 모든 일이 끝났다.

하지만 이런 단조로운 일상을 한순간에 깨는 메가폰 소리가 들렸다.

-중소기업 다 죽이는 대기업들 특허 도용!

-공정위는 대웅조선 특허 도용 조사하라!

–기술 개발은 하청이 하고, 결실은 원청이 갖는 나라!

시무식 첫날부터 공정위 바깥에서 시위가 펼쳐진 것이다.

바깥에선 한 중년인이 목에 피켓을 걸고 일인 시위를 펼치고 있었다.

점심을 먹으려 중앙 로비에 모인 반원들도 그 시위를 고스란히 들어야 했다.

"아, 반장님. 저 핸드폰을 놓고 왔는데."

"아이고– 정신하고는."

"금방 다녀올게요."

"얼른 다녀와, 5분 더 있다간 귀청 떨어지겠다."

박 조사관이 후다닥 달려가자 메가폰 소리가 더 크게 들렸다.

–중소기업 재산권 보장하라! 대웅조선의 지능적 특허 탈취 조사하라!

중년 사내 뒤에는 시뻘건 글씨로 도배된 현수막들이 보였다. 봉고차까지 세 대나 동원해 자기 현수막들을 다 걸어 놨다.

그 모습이 준철의 호기심을 자극했다.

"뭘까요, 저건?"

"그러게 말입니다. 보통 연말 연초에는 저런 시위 잘 안 여는데.”

“참 매너도 없다. 어떻게 시무식 첫날부터.”

반원들은 일인 시위자를 보며 혀를 찼다.

“원청에서 자기 특허 가져갔단 얘긴가요?”

“네. 뭐 억울한 일이 있으니 저기서 시위하겠죠.”

김 반장이 혀를 끌끌 찼다.

“근데 저렇게 무식하게 시위하는 놈들은 대개 나사 빠진 놈들입니다.”

“나사요?”

“절차적으로 뭐 좀 안 되니까 저렇게 와서 시위하겠죠. 자기들은 특허 도용됐다고 우기는데 막상 뭐 별거 없거나. 아님 자기 주장이 억지거나.”

하긴 머리를 바싹 깎고 시뻘건 이마 띠를 두른 그가 정상처럼 보이진 않았다.

“만약 진짜로 문제가 있었으면 국민신문고 통해서 다 전달됐을 겁니다. 안 될 거 같으니까 조사해 달라고 생떼 부리는 거지.”

“그렇군요.”

“신경 쓰지 마세요. 곧 제풀에 지쳐 그만둘 겁니다.”

그걸 듣는 준철은 속이 복잡해졌다.

하청들의 특허 도용. 과거에 자신이 정말 얼마나 많이 했던 도둑질인가.

입증 책임이 피해자에게 있어 한 번도 걸리지 않았던 도둑질이었다. 들켜도 누가 더 센 변호사 쓰느냐 싸움이라 한 번도 진 적 없었다.

"아이고- 가져왔습니다. 얼른 가시죠."

때마침 박 조사관이 왔다.

"팀장님. 연초부터 저런 거 신경 쓰지 말고 좋은 일만 보죠."

"네, 알겠습니다."

"근데 기왕 쏘시는 거 점심부터 갈비는 좀 그렇나? 흐흐흐."

질 끝판왕 사망
한명그룹
김성균 본부
특허 도둑

공정위의 신년 분위기는 두 부류로 나뉘었다.

"그놈들 진짜 제정신인가? 100억짜리 담합에 과징금 8억이 뭐가 비싸다고 행정소송이야?! 아니, 그렇다고 당하고만 있으면 어떡해. 증거 싸그리 긁어모아서 법원에 던져. 재판까지 가면 우리도 과징금 따블로 올려야지!"

신년부터 화가 잔뜩 난 사람들.

작년 사건이 아직 안 끝난 사람들이다.

기업에서 과징금에 불복해 버리면 별수가 없다. 법정에서 10원 한 장 더 내느냐 마느냐 싸우는 수밖에.

"카르텔국은 1월이 아니라 13월인가 보네요."

"그러게. 아무리 그래도 통화는 엘리베이터 바깥에서 하지.”

“반장님은 신년에 금연 한번 해 보는 거 어떠세요.”

“이 좋은 걸 왜?”

“건강 생각할 때도 되셨잖아요.”

“박 조사관이 술 끊으면 나도 끊고.”

“그 좋은 걸 왜 끊어요.”

반면에 천하태평 농담 따먹기로 신년을 여는 부류도 있다.

발에 불나도록 뛰어다니는 사람들을 보며 종합감시팀은 여유로운 대화를 나눴다.

단순한 여유를 넘어 어깨에 뽕이 잔뜩 들어갔단 표현이 더 알맞다.

올해의 공정인상.

명실상부 공정위가 인정한 넘버 원 부처 아닌가?

상은 팀장이 대표해 받았지만 고과 점수는 반원들 모두에게 적용된다. 두 달 남은 설 상여금이 벌써부터 기대되는 바였다.

“어이구~ 팀장님. 일찍 오셨네요.”

“네. 새해 복 많이 받으십쇼.”

“팀장님도 복 많이 받으세요.”

“저희 오늘 뭐 오더 떨어진 거 있습니까?”

“저기 뭐 제보가 들어온 것 같긴 한데, 큰 건 없어 보입니다.”

"그럼 오늘은 서류 검토나 하죠."

연초엔 민감한 사건이 별로 들어오지 않기에 반원들은 더욱 여유로웠다.

사실은 제보 검토가 종합팀의 본업이었다.

국민신문고에 접수된 사건을 읽고 수사할지 말지 판단하는 일. 여기서 디벨롭시킬 만한 사건은 전문 부처에 넘기면 된다.

오랜만에 본업으로 복귀한 반원들은 한가롭게 서류만 팠다.

'갑질 제보가 진짜로 많긴 하네.'

원청이 미수금 안 준다는 제보부터, 특허를 침해했단 제보까지.

준철은 끝없이 이어지는 제보에서 문득 공정위원장의 신년사가 떠올랐다.

공정위의 양적 수사가 많이 발전했지만, 질적 수사는 아직 제자리걸음이라 했던가? 제보들만 쓱 봐도 대기업들의 지능적 갑질이 많이 늘었다는 게 실감이 났다.

"반장님. 이건 가격 담합 같은데 카르텔국으로 넘겨주세요."

"네."

"그리고 이건 일감 몰아주기 같은데 기업집단국 넘겨주세요."

"알겠습니다."

그중 민감해 보이는 사건 두 개를 골라 전문 부처에게 넘겼다.

솔직히 이날 하루 중 가장 치열하게 논쟁했던 건 점심 메뉴였다.

대화와 타협을 통해 떡국으로 결정되었고, 오후 일과에도 평화로운 분위기는 계속되었다.

—공정위는 대웅조선의 특허 도용 반드시 조사하라!

—중소기업 생명권, 재산권 보장하라!

딱 하나, 저 시끄러운 소음만 아니었다면 더 좋을걸.

"아니 이렇게 멋대로 들어오시면 안 된다니까요."

"놔요! 내가 어디 뭐 못 올 데라도 왔어요?"

"자꾸 이러시면 경찰에 신고하겠습니다."

"이미 신고는 했잖아! 놔! 담당자 좀 만나 봅시다."

연일 시위를 벌이던 중년인은 기어코 프런트 데스크에 입성했다.

경비원들이 육탄전을 펼치며 방어했지만, 드러누워 버리

는 상대에겐 속수무책이었다.

"제발 이러지 마세요. 우리도 절차라는 게 있습니다."

"그 절차 핑계 대면서 타 부처에 떠넘기려고?"

"아니, 이 양반이 진짜……."

"내가 작년까지 중기부 앞에서 시위하던 놈이요. 근데 그 쪽도 자기 일 아니래."

그는 경비원들의 힘을 뿌리치면서 소리를 질렀다.

"중기부에서 내 사건 공정위에 넘겼답디다. 그럼 나도 대답을 좀 들어 봐야 할 게 아니요. 나랑 얘기 좀 합시다!"

"박 계장님. 안 되겠습니다. 끌어내고 경찰 부르죠."

생즉사 사즉생이란 말은 이런 경우를 두고 하는 모양이다.

피켓을 든 사내가 막무가내로 달려드니, 다섯 명의 장정들도 쩔쩔맸다. 잃을 게 없는 놈 상대했다가, 공정위가 사람 쳤다는 뉴스가 나오면 안 되니까.

고군분투 끝에 경비들은 그의 팔다리를 하나씩 붙잡았다.

'大'자로 뻗은 그는 끌려가면서도 고래고래 소리를 질렀다.

"유전무죄 무전유죄! 공정위는 하청의 억울한 얘기 들으라! 대웅조선 반드시 수사하라!"

로비에서 메가폰으로 소리를 질러 대니, 골이 다 지끈거릴 지경.

그 처절한 광경을 목도하며 종합팀이 혀를 찼다.

"팀장님 아무래도 오늘은 그냥 백반 시켜야겠는데요. 나갔다가 괜히 봉변당하겠습니다."

"배달부라고 저길 뚫을 것 같진 않은데……."

"음식 올 때쯤이면 잠잠하겠죠."

-대웅조선이 우리 특허 도용했다 이 말입니다! 중기부에서 공정위에게 사건 넘겼다 하는데 왜 대답이 없습니까! 대기업이 이렇게 하청 업체 특허 가져다 써도 되는 겁니까?!

"어휴. 저 목소리 들어 보십쇼. 저길 나갔다간 괜히 한 대 얻어맞겠습니다."

준철은 한숨을 내쉬었다.

"알겠습니다. 그럼 백반 시키죠."

출입구에 몰린 전 직원이 발길을 돌렸다. 듣기엔 불편했지만, 한편으론 안타까운 마음도 들었다.

특허 도용.

갑질 사건에서 가장 다루기 힘든 문제 아닌가?

특허 분쟁은 노래 표절과 똑같다. 제3자가 보기엔 아무리 비슷해 보여도 막상 법적으로 문제 삼으려면 애매해진다.

대기업들도 이 점을 악용해, 딱 법적으로 안 걸릴 수준에서 특허를 차용해 가니. 당사자에게도 무척 억울할 것이다.

하지만 억울한 마음을 이해하는 것과 도와주는 건 다른 문제이지 않은가?

경비원들에게 제지를 당하고 난 다음 날.

여의도가 가라앉을 것 같은 메가폰 소리는 없어졌지만, 공정위 사무소가 귀곡산장으로 변해 버렸다.

[단식투쟁 2일 차]

[죽어서라도 밝힌다]

그는 마이크 대신 마스크를 썼고, 목에는 죽음을 암시하는 팻말을 걸고 있었다.

차라리 시위 소리가 그리워질 지경.

"아니, 며칠 참아 줬으면 됐지. 저건 진짜 너무하네!"

"저 사람 눈 돌아간 거 보세요. 진짜 경을 칠 것 같지 않아요?"

공정위 직원들의 불안함은 최고조에 이르렀다.

그의 광기는 이미 새해 첫날부터 확인하지 않았나.

"대체 경찰들은 뭐 하는 거야. 저거 집시법 위반이든 뭐든 걸릴 것 같은데."

반원들이 불평을 늘어놓을 때, 김 반장이 탁자를 툭툭 쳤다.

"별일 안 나니까 자기 일들이나 해. 가만 보니 우리 새해라고 너무 빠져 있다? 제보 서류 검토 다 안 할 거야?"

"네……."

"다들 전산실 가서 자료 받아 와. 팀장님 이건 이번 주 고발 자료입니다."

반원들이 뿔뿔이 흩어지자 김 반장이 서류 뭉텅이를 올렸다.

"어째 이번 주부터 양이 좀 많아진 것 같네요."

"네. 국민신문고에 쌓여 있는 제보가 뭉텅이랍니다."

"본격적으로 시작된 건가요?"

"연초 지나가니 슬슬 쏟아지는군요. 뭐 크게 신경 쓸 만한 사건은 없었습니다. 다만……."

김 반장이 말을 잇지 못했다.

"하실 말씀이라도?"

"저희 제보 중 첫 자료 봐주십쇼."

[한양테크 - 원청의 특허 도용 신고]

어디서 많이 들어 본 기업 이름인데 이거 설마?

"네. 단식투쟁하는 저 양반 회사 같습니다. 저희 쪽에서 정식으로 접수 신청됐어요."

한양테크 사장 최기동.

현재 공정위 앞에서 열렬한 시위를 펼치고 있는 인물.

그런 그의 서류가 중소기업벤처부를 걸쳐 현재 공정위로 넘어온 것이다.

하지만 이상하다.

"이거 자료 출처가 중기부로 나오는데, 뭡니까? 조사 한 번 한 겁니까?"

"네. 중기부가 분쟁 조정해 봤다는군요. 근데 저 하청 사장이 걷어찼어요. 중기부는 우리한테 짬 때려 버렸고."

"음…… 저 사람 여기서만 저러는 게 아닌가 보네요?"

"중기부도 연말 내내 시달렸답니다."

"그렇다고 우리한테 넘기는 건 좀……."

"뭐 우리도 적당히 만지다 특허청 같은 데 보내야죠. 솔직히 특허 분쟁은 민사로 해결해야지 공기관이 어떻게 해 줄 수 없는 문제입니다."

쯧쯧.

능숙하다 했더니. 역시 상습범이었구나.

이런 문제는 적당히 털어 내는 게 관건이다.

준철은 씁쓸하게 웃으며 서류를 뒤적거렸다. 대기업과 민사로 싸워 봤자 지는 걸 빤히 아니 저 사람이 저렇게 공기관 앞에서 생떼를 부리는 거다.

하지만 괘씸함과는 별개로 어깨가 무거웠다.

조사 못 한다라는 말을 직접 해 줘야 할 사람이 이젠 준철이 되어 버렸다.

'…….'

그냥 타 부처 이관 도장을 찍어 버리면 끝나겠지만.

쉽사리 손이 떨어지지 않았다.

준철은 몇 번 고심하다 결국 서류를 살폈다.

'피스톤 특허를 가져갔다는 건가?'

한양테크.

대웅조선의 하청 업체로 디젤엔진 부품을 납품하는 곳.

규모 100억에 아직 상장도 안 된 작은 기업이었지만, 한양테크의 강점은 바로 특허에 있었다. 배 건조의 핵심 부품인 [피스톤] 특허를 보유하고 있지 않나.

신체에 비유하면 경추 뼈 한 조각 들고 있는 셈인데, 이게 머리와 몸통을 연결해 주는 핵심 중의 핵심 부품이었다.

펄럭.

시작은 좋았다.

이들이 개발한 피스톤 부품은 독일 3사와 비교해도 꿇리지 않은 기술력이었고, 대웅조선도 그 값어치를 알고 단가를 후하게 쳐줬다.

펄럭.

하지만 거래 10년 차에 접어드니 삐걱대기 시작했다.

'제품에 하자가 발생할 경우 대책을 수립하기 위해 필요하다'며 작업표준서, 공정 순서, 공정관리 방안 등을 포함한 기술 자료를 요구했다.

말이 장황해서 그렇지 결국 특허를 열람했단 소리다.

펄럭.

재앙은 이미 예고된 것인지도 모른다.

특허를 열람시켜 주니 갑자기 경쟁사가 등장했고, 대웅조선은 생산 시설 이원화에 들어갔다.

경쟁사가 등장하자 대웅조선은 기다렸다는 듯 납품 단가 인하를 요구했고, 그도 성에 안 찼는지 마지막엔 거래처를 바꿔 버렸다.

펄럭.

가진 게 특허 하나밖에 없는 기업이 거래가 끊기면 어찌 되겠는가.

한양테크는 거래가 끊긴 후 매출이 80% 급감했고, 규모 100억대 회사가 하루아침에 부도 수순을 밟았다.

그렇게 최종 부도 처리된 게 2년 전.

악다구니를 썼던 남자는 이 싸움을 장장 2년이나 해 왔던 것이다.

툭.

그 지난 과정을 모두 다 검토했을 때.

준철은 또 한동안 서류에서 시선을 떼지 못했다.

처음 보는 서류에서 또다시 과거 기억이 엄습했기 때문이다.

"김성균 과장. 영생몰딩 말이야. 여기 하청 업체인가?"

"네. 저희가 오래 거래하던 곳입니다."

하청의 특허를 빼 오는 건 늘 같은 방식이었다.

"가만 검토해 봤는데, 여기 지출이 상당하네?"

"예. 이중 코팅이라고 단열이 우수한 특허를 하나 가지고 있습니다. 로얄티가 좀 비싸긴 한데, 고객 만족도가 높아 이번에도 선정했습니다."

"아무리 그래도 1년에 30억씩 챙겨 가는 건 좀 그렇다. 고작 하청인데."

이사님이 운을 떼자 김성균의 얼굴이 굳어졌다.

"슬쩍 한번 꼬셔 보지 그래."

"무슨 말씀이신지……."

"특허 좀 열람하자 그래."

"이사님. 그건 좀 어렵습니다. 가진 게 특허밖에 없는 하청에 그걸 보여 달라 하면……."

"뻔한 의도를 안 들키는 것도 자네가 할 일이야. 아, 핑계야 많잖아? 특허를 한쪽만 아니까 업무 연계가 안 된다. 시공할 때 불편하다. 이만큼 오래 거래했으니 서로 믿어 보자. 응?"

새빨간 거짓말이다.

답안지를 이미 베꼈는데 굳이 오답을 적어 낼 필요 없지.

특허를 알아내면 막대한 로열티 없이 원청이 직접 시공할 수 있다. 그렇게 단가를 아끼면 분양가도 낮아지고 소비자에게 돌아갈 이윤도 커진(?)다.

"아직도 못 알아들어?"

이사님이 그런 궤변을 한 시간째 늘어놨지만 김성균은 묵묵부답이었다.

소비자 이윤은 핑계고 결국은 특허 빼어 오란 뜻이다.

"이제 보니 우리 김 과장은 참 정직한 사람이야. 내 밑에서 일하기엔 참 그릇이 커."

"아, 아닙니다. 이사님."

"아니긴 뭘. 이 바닥에서 자네처럼 정직한 사람은 처음일세. 아, 나 같은 놈한텐 이런 거 다 삐딱하게 보이거든."

"……."

"이중 코팅? 그래 봐야 겨우 도배 · 장판인데 이름만 요란하잖아? 이런 거 또 막상 특허 까 보면 별것도 없어. 특허 하나 쥐고 원청한테 알박기하는 거지."

김성균의 얼굴은 이미 사색이 됐다.

내 밑에서 일하기엔 자넨 그릇이 너무 크다, 이건 대놓고 회사 나가라는 뜻 아닌가.

그의 머릿속엔 현장에서 형님 동생 하던 하청 사장 얼굴이 지나갔고, 애들 학원비를 닦달하던 집사람 얼굴도 지나갔다.

"……그럼 정말 단순히 열람만 하고 끝내실 겁니까? 저희가 법정 서면(열람 기록)을 쓰면 제가 한번."

"이 친구 진짜 못 써먹겠구먼."

"……예?"

"흔적 다 남기면서 볼 거면 뭐 하러 봐! 특허 열람하면 경쟁사한테 흘려서 생산 이원화할 거야. 그러다 나중에 원 업체 정리하고, 경쟁사도 정리하고 최종적으로 한명건설에서 특허 가져갈 거야. 내 입에서 이 말까지 나와야 알아 처먹겠어?!"

급기야 이사님은 육두문자를 날렸다.

"어차피 특허 소송은 누가 더 변호사 센 놈 쓰느냐 싸움이야. 누가 너더러 변호사 데려오래? 뒷일은 우리가 하겠다잖아."

"죄, 죄송합니다 이사님. 그 뜻이 아니라."

"그게 아니면 한 달 내로 그 특허 열람해서 내 앞에 가져와. 이걸 못 하겠으면 네놈 사표라도 가져오든가."

그때 김성균은 사표 대신 하청 업체의 특허를 가져다 바쳤다. 곧이어 한명건설은 이중 코팅 단가를 반값으로 후려쳤고, 종국엔 그마저도 자사에 흡수해 버렸다.

누가 알았겠는가. 그 순진하던 김성균 과장이 나중엔 하청 업체 탈곡기가 될 것이라고.

이사님 말대로 김성균은 정말 그릇이 큰 인물이었다.

“날씨가 많이 춥네요.”

그래서였을까. 평범한 퇴근길이었지만, 준철은 선뜻 그를 지나칠 수 없었다.

“식사는 좀 하셨어요? 여기서 계속 계신 거 같던데.”

단식투쟁 3일 차에 접어든 그는 이미 기력을 많이 잃은 듯 보였다.

준철을 물끄러미 보더니 다시 정면을 응시했다.

“집에 계신 가족들도 생각하셔야지요.”

따뜻한 커피를 건네며 말을 붙여 봤지만 돌아오는 건 냉담한 반응뿐이었다.

“이렇게 일인 시위를 한다 해도 절박한 상황이 나아지는 건 아닙니다.”

“어차피 돌아갈 집도 없고 사업도 부도난 지 오랩니다. 젊은 사람이 안타까워 그러는 모양인데, 그냥 가던 길 가세요.”

“제가 사실 선생님 사건 담당 조사관입니다.”

그리 말하자 그의 눈이 대번에 커졌다.

“해서 몇 마디 나눠 보고 싶은데 자리를 좀 옮길 수 있을까요?”

“대답부터 먼저 들어 봅시다! 담당자면 내 사건 다 알죠? 버젓이 우리가 특허 도둑맞았는데 왜 수사 안 하는 겁니까.”

"일단 자리를 옮기고……."

"어설픈 수작 마쇼! 난 이 자리에서 꿈쩍 안 해."

그 기분이 충분히 이해가 된다.

준철은 목소리를 가다듬으며 차분하게 설명했다.

"사장님. 냉정하게 말해 선생님이 제보 주신 것만으론 수사가 어렵습니다. 특허 문제는 원래 법리가 애매해서 사안을 판단하기 힘들거든요."

"그 얘긴 이미 중기부에서도 들었습니다."

"그것도 치명적입니다. 중기부 중재안을 선생님이 거부하셨더군요. 이러면 재판으로 가도 사장님께 불리합니다."

"중재안? 특허를 버젓이 도둑맞았는데 4천만 원 받고 합의하라는 게 중재안?! 나 이 특허 하나 만들려고 10년을 쏟아부었습니다! 내가 원하는 건 생고생해서 만든 이 특허권 되찾는 거지, 푼돈 먹고 떨어지라는 게 아니요."

"중기부도 모든 걸 고려해서 내린 결론이 이 돈입니다."

"그 사람들이야 일을 어떻게든 덮고 싶은 사람들이니까."

그는 흥분을 주체 못 하며 말을 이었다.

"선생님께서 담당자면 사안 다 보셨죠? 이게 말이 된다고 생각합니까? 우리가 가진 디젤핀셋은 독일 3대 모터 특허와도 비견되는 특허예요."

"……."

"처음엔 좋았습니다. 대웅조선도 우리 특허 최고랍디다.

근데 어느 날부터 갖은 트집을 잡고 특허 열람하더니 갑자기 경쟁사 데려와 버렸습니다. 그 경쟁사라는 놈? 껍데기만 다르지 우리 피스톤이랑 똑같습디다. 특허 열람하고 그쪽에 정보 흘린 거라고요."

마음이 아팠다.

김성균으로서 이미 한 번 겪어 본 그림이었으니.

"그럼 경쟁사에도 항의해 봤습니까?"

"하다 마다요! 근데 적반하장으로 나옵디다. 내가 가격경쟁에서 밀렸는데 왜 따지냐면서! 날 무슨 억하심정으로 이러는 놈으로 만들었어요."

"……."

"회사 부도 처리됐고, 난 이미 애 엄마와 이혼 직전입니다. 직원들 밀린 월급도 못 줘서 난 어차피 곧 감방 갈 처지요. 이런 상황에서 내가 뭘 할 수 있겠어요? 굶어 죽든 얼어 죽든 난 억울해서라도 이 자리에서 죽을 겁니다."

섬뜩하게 들렸다.

그의 결연한 얼굴이 빈말이 아니란 걸 말해 주었기에.

"선생님. 그럼 제 제안을 한번 들어 보시겠어요?"

준철은 목소리를 낮추고 조심히 말을 꺼냈다.

"저희가 법리 따져 드리겠습니다. 억울한 부분이 있다면 최대한 밝혀내 드리지요. 단, 저희가 판단했을 때, 법리적으로 크게 문제없다 판단되면 사장님께서도 무모한 싸움 그만둬 주십쇼."

"나는 어차피 물러설……."

"아니면 수사 못 하고 이 지루한 싸움 계속하셔야 합니다."

"……."

"정말 타당한 일이었다면 분명 밝혀지겠죠. 약속드립니다. 최선을 다해서 이 사건 조사해 보겠습니다. 마지막으로요."

준철은 강한 어조로 말하자 그의 얼굴이 소용돌이쳤다.

아무래도 '마지막'이란 말이 걸리는 모양.

한 번만이라도 제대로 조사를 받아 보자는 게 그가 2년 동안 원하는 일이었다.

"……정말입니까? 정말로 제대로 수사해 주실 겁니까?"

"네. 대신 약속해 주세요. 제가 조사했는데 안 나오면 그만 두시는 겁니다."

긴 생각을 하던 그가 피켓을 땅에 내려놓았다.

준철은 얼어붙은 그의 손을 꼭 붙잡고 말했다.

"어려운 결정해 주셔서 감사합니다. 일단 식사부터 하러 가시죠. 사장님께 듣고 싶은 얘기가 많습니다."

"얼레리? 웬일이래. 그 사람 갔나 봐?"

"그러게요. 단식투쟁까지 벌이더니만."

"배곯는데 장사 없다니까. 찰거머리 떨어지니까 이제 연초 분위기 나네."

늘 시위하던 그가 조용해지자 여의도에도 평화가 찾아왔다.

공정위 직원들 모두 안도의 얼굴이 됐다. 그도 그럴 것이 출퇴근할 때마다 늘 섬뜩한 기분을 느끼지 않았나.

이 추운 겨울에 단식투쟁이라니. 정말 사람 하나 죽을까 봐 노심초사였다.

"어? 김 반장님. 오늘은 그 찰거머리 없네요."

"그러게 말이다. 드디어 떨어졌나 봐."

"아휴- 난 또 연초부터 못 볼 꼴 보는 줄 알고 조마조마했는데."

"진짜 막무가내였지. 세상에 여길 쳐들어올 생각을 하다니."

종합팀 반원들의 발걸음은 다른 직원들보다 더 가벼웠다.

재수 없게도 사건을 배당받은 게 그들 아닌가?

적당히 하는 척 시늉해 주다 특허청으로 보내려 했는데 놈이 먼저 나가떨어져 버렸다.

다행스럽게도 찝찝한 일 하나가 자연히 사라진 것이다.

하지만 그 후련함은 준철의 출근과 함께 산산조각 나고야 말았다.

"예?"

"한양테크요. 여기 조사 좀 해 주세요. 거기 원청이었던 대웅조선이랑 같이요."

"팀장님…… 거기가 무슨 기업인지는 아시죠?"

준철은 텅 빈 창밖을 바라봤다.

최 사장이 약속을 지켰다. 고맙게도 오늘은 조용했다.

"네."

"그걸 아시면 이럼 안 되죠! 저 사람 여기 공정위 앞에서 전국노래자랑 했던 양반이에요. 우리가 갑자기 이렇게 나서 주면 어떻게 되겠습니까."

"그래도 몇 마디 나눠 보니 대화가 아주 안 통하는 사람은 아니었습니다."

"아니, 그 사람하고 대화는 언제 나눠 보셨대요?"

"퇴근길에 잠깐."

대충 둘러대며 준철이 서류를 건넸다.

"먼저 중기부에서 넘어온 자료, 이거 시간순으로 정리해 주세요."

"하아…… 진짜 하실 겁니까?"

"석연치 않은 부분이 너무 많아서요."

"대체 어떤 부분이."

"정황상 특허 탈취가 확실한데, 중기부에선 고작 4천만 원 합의금으로 끝내려 했단 말이죠."

"티, 팀장님. 그게 얼마나 위험한 발언인지 아시잖아요. 이러면 우리랑 중기부랑……."

"싸울 일 있으면 싸워야죠."

반원들은 입을 다물지 못했다.

아니, 수사기관 두 곳이 힘 싸움 하면 얼마나 피곤해지는데!

"솔직히 시비는 그쪽에서 먼저 건 거 아닙니까. 자기들이 해결해야 할 문제를 우리한테 넘겼는데."

"그야 그렇지만."

"우리가 특허청에 넘기면, 특허청이 또 우리한테 공격을 해 올 수도 있는 문제예요. 차라리 우리 선에서 매듭짓는 게 나아요."

그쯤 설명하자 반원들도 더는 할 말이 없었다.

그래, 직무유기로 털리는 것보단 차라리 중기부랑 싸우는 게 낫지.

"자료 좀 보고 나중에 과장님께 정식으로 수사 요청하겠습니다. 안되면 저도 그만둘 겁니다."

"그러니까 저 양반이 시위하는 게 다 이유가 있는 것 같다? 이 팀장은 이걸 파 보고 싶은 거고?"

"예."

"너무 감정이 앞서는 거 아니야? 막무가내로 나오는 거 들어주면 한도 끝도 없는데."

오 과장에게 보고하니 딱 예상했던 반응이 돌아왔다.

하긴 위에서 시켜도 안 한다고 해야 할 사건이지.

"개인적으로 좀 걱정이 되네. 이 팀장이 공정인상까지 탄 건 알아. 근데 신년이라고 좀 들떠 있지 싶어."

"연민 때문에 그런 거 아닙니다. 들떠 있는 건 더더욱 아니고요."

"하면?"

"시기적으로 이상한 점이 너무 많았습니다. 별 이유가 없는데 하청의 특허를 열람하고, 비슷한 시기에 경쟁사가 생겼습니다."

탁-.

"그럼 대웅조선이 특허 유출시켰다는 거야? 경쟁사에?"

"예. 경쟁사 붙자마자 바로 단가 깎았습니다. 이건 중기부에서도 수상하다고 파악한 내용이었습니다."

"난 솔직히 그게 더 마음에 안 들어. 그래서 중기부가 중재 안 줬다며? 걷어찬 건 하청이고."

"고작 4천만 원에 합의하라 했습니다. 하청 입장에서 이걸 어떻게 합의합니까."

오 과장은 미간을 찌푸렸다.

제3자인 그가 들어도 온통 말이 안 되는 것들투성이다.

원청이 특허를 열람했단 것부터 이미 선을 넘은 일이고. 갑자기 경쟁사가 붙어 버린 것도 이상한 일이다.

"이 말이 안 되는 정황에 퍼즐 딱 하나만 맞추면 설명이 끝납니다. 대웅조선이 특허 뺏어 오려고 밑 작업을 해 놨다."

반박할 수 없는 말이었기에 한숨만 나왔다.

이 사건 때문에 중기부랑 크게 싸울 수도 있는데. 이 젊은 놈은 애초에 그런 거 재고 따질 만한 타입이 아니지.

"중기부 중재안 때문에 그러십니까?"

"고작 그것 때문이겠어. 다른 수사기관이랑 싸우러 다니는 게 내 일인데. 특허 분쟁은 나도 많이 맡아 봤어. 근데 이 사건? 솔직히 이 정황만으로 밝혀내기 쉽지 않아."

이번엔 준철도 반박 못 했다.

"그래서 어지간하면 이거 다 민사로 돌리는 거야. 수사기관이 끼어 버리는 순간, 편파 수사 얘기 나오니까."

"그냥 민사소송으로 가게 하면 원청 편 들어주는 겁니다. 알다시피 변호사 누가 더 센 놈 쓰느냐인데."

"너 진짜 그렇게 자신 있나? 중기부 중재안 거부했으면 판결에서도 엄청 불리할 텐데."

"특허 도용했단 명백한 증거만 잡으면, 합의금이 아니라 배상금을 물어야 합니다. 해 볼 만합니다."

이미 눈이 돌아가 버렸구나.

오 과장은 체념하며 서류를 들었다.

"옌장…… 이거 건들면 중기부랑 싸우는 것도 피할 수 없는데."

넌지시 압박해 봤지만 요지부동.

결국 그는 서류를 건넸다.

"일단 중기부 가. 중재안을 낸 배경에 대해서 들어 보고, 그때 수사 결정한다."

"자료를 또 달라는 겁니까?"

"네. 중기부에서 중재안 4천을 제시하셨는데 어떤 근거로 그 금액이 나왔는지 궁금합니다."

"여러 가지 종합적으로 고려했겠죠. 우리가 공정위에 소명까지 해야 합니까?"

"소명이 아니라 확인입니다. 사실 좀 의아한 점이 있거든요."

중기부에 가서 자료를 요구하니 찬바람이 풀풀 풍겨 나왔다.

"특허 도용이면 도용인 거고, 아니면 아닌 거잖아요. 근데 중재안으로 4천이 나왔단 말이죠. 이건 도용했다는 겁니까, 아니라는 겁니까."

치부를 건드니 바로 발끈했다.

"특허 중재가 무슨 그렇게 무 자르듯 딱 잘라지는 줄 알아요?! 미심쩍은 부분도 있지만 경쟁사가 훨씬 낮은 가격을 제시해 대웅조선 입장도 이해가 갔습니다."

"그 판단 근거를 저희도 보고 싶습니다. 협조 부탁드립니다."

"하아 참."

사내는 기분 나쁜 티를 팍팍 내며 언성을 높였다.

"김 서기. 대웅조선이랑 한양테크 자료 싹 가져와. 아주 보시게 편하게 액셀로 정리한 파일 드리고."

"……."

"민수 씨는 그 피스톤인가 파스톤인가 하는 특허 자료 가져와. 뭐 보면 아실지 모르겠는데 그냥 다 드려."

그는 실컷 빈정대며 준철에게 말했다.

"또요. 또 뭐 필요한 거 있습니까?"

"기업들 소명자료도 보고 싶습니다. 이 문제에 대해 분명 입장을 밝혔을 것 같은데."

"소명자료? 여기 무슨 법원입니까? 우리가 증거 제출에 기업들 소명자료까지 내야 해요?"

준철은 그를 빤히 보다 물었다.

"저기 그…… 기분 나쁘십니까. 저희가 온 게?"

"그럼 좋겠습니까?"

"그렇게 싫으시면 조사를 잘하시든가요."

"뭐, 뭐요?"

"대충 훑어봐도 하청이 특허 뺏겼구먼. 왜 이걸 캐치 못 합니까. 합의금 액수라도 많으면 몰라. 고작 4천 받고 화해하라는데 누가 이걸 이의 제기 안 해요?"

"그 정도면 우리도 할 만큼 한 거야! 특허 분쟁은 민사로 싸워야지 왜 수사기관 끌어들이려 그래."

"그러면 중소기업부가 왜 존재하죠? 억울한 거 있으면 기업들끼리 다 민사로 끝내면 되는데."

벌겋게 달아오른 남자를 두고 준철이 자리에서 일어났다.

"수사를 돕든 말든 상관 안 합니다. 근데 받은 자료는 꼭 다 넘겨주세요."

"말끝마다 자꾸 명령조인데, 누가 보면 중기부가 공정위 머슴인 줄 알겠습니다?"

하는 일마다 미덥지 않아서 그래요.

라는 말을 삼키고 준철은 자리를 떠났다.

적반하장도 유분수지. 지들이 수사하기 싫다고 공정위에 넘겼으면서.

막상 문제 생길 것 같으니 오만 추태를 다 부리고 있다.

뭐 별수 있나.

공정위에서 중재시킨 걸 중기부에서 문제 제기했다면 비슷하게 기분 나빴을 거다.

그렇게 이해해야지.

“팀장님도 참. 적당히 비위 좀 맞춰 주시지.”

“가만 보면 이 팀장님도 자존심 무척 세요. 어디 가서 지는 법이 없어.”

반원들은 중기부의 냉대를 견디며 자료를 모두 이관했다.

“꼼꼼하게 챙겨. 중기부 두 번 왔다가는 뼈도 못 추리겠다.”

그 와중에도 누락된 자료가 없나 검토를 두 번씩 더 했다.

그렇게 공정위로 복귀했을 때 준철의 수사 지시가 바로 이뤄졌다.

“반장님. 소명자료 좀 먼저 올려 주세요. 기업들 입장 좀 들어 봐야겠네요.”

“네. 따로 정리해서 올리겠습니다.”

“아, 아닙니다. 그냥 내일 대웅조선에 소환장 보내죠.”

“바로요?”

“글로 읽는 것보단 들어 보는 게 낫죠. 대웅조선 담당자 소환해 주세요.”

“알겠습니다.”

그리 말하며 준철은 서류를 들었다.

이제부턴 객관화가 중요하다.

하청 사장이 과장되게 진술한 내용도 있을 것이고, 원청에서 억울한 부분도 있을 것이다.

'선입견 없이 보자. 한쪽 말만 들어선 안 되지.'

준철은 최대한 냉정하게 서류를 팠다.

하지만 하청 사장의 진술은 크게 과장된 부분이 없었다.

한양테크의 디젤엔진(피스톤)은 과연 독일 3사와 비견해도 뒤지지 않는 기술력이었다. 성능은 동급에 단가는 20% 낮아졌으니까.

하지만

대웅조선은 갖은 트집을 잡아 가며 다시 독일 제품을 쓰겠다 겁박했고, 한 5년쯤 시달리니 한양테크도 결국 특허를 공개해 주었다.

펄럭.

그렇게 특허 독점권을 뺏겼으니 미래는 예견된 거나 다름없다.

대웅조선은 우월적 지위를 이용해 단가 인하를 요구했다.

그렇게 3년 동안 약 21%의 단가가 인하됐지만 말미에 기다리고 있는 것은…….

[계약 해지]

경쟁사로의 하청 바꾸기였다.

'전형적인 방법이네. 특허 열람하고 경쟁사한테 생산시켜

버리기.'

이 자체만으로도 공정거래법 위반이다.

특허 유출 경로를 파악하면, 관련자를 형사처벌할 수 있다.

'이렇게 보니 더 기가 차네.'

사안이 이 지경인데 중기부는 적당히 합의하라는 중재안만 냈다. 그들이 심사숙고했다는 종합적 판단은 더 읽어 볼 내용이 없었다.

'딱 봐도 손 털고 싶어 하는 게 보이네. 원·하청이 민사로 해결했으면 했겠고.'

그렇게 서류 검토하는 재미에 쏙 빠져 있을 때.

"으……으!"

또다시 머릿속으로 두통이 엄습하며, 고통이 시작되었다.

"회, 회장님. 그럼 결국 특허 열람하라는 말씀입니까?"

"그걸 이제야 알아들었어?"

"한양테크의 반발이 만만치 않을 겁니다. 아무리 저희 하청이라도 특허 열람은 예민한 문제니까요."

누구일까?

정체불명의 대화에선 임원들의 회의가 보였다.

가장 상석에 앉아 있는 노인은 계속해서 뚱한 표정이었다. 대화가 어째 마음에 안 드는 모양.

"예민하다…… 예민해?"

회장이 눈썹을 꿈틀거리자 회의실이 얼어붙었다.

"고작 피스톤 하나 특허 냈다고, 이걸 예민하다. 김 사장."

"……예."

"그럼 대책을 마련해 봐. 해양 플랜트는 적자에, 원자재값은 상승했네? 그나마 하나 믿는 게 배 건조인데 이것도 중국이 물량 공세로 따라와."

"……."

"원가 절감할 수 있는 대책이 뭐야? 생각들 있어?!"

회장이 호통을 치자 고개를 숙였다.

"왜 자꾸 사람 이상한 놈 만들어? 내가 하청 특허 뺏자는 게 아니야! 생산방식의 이원화. 특허 공유 좀 해서 하청 업체 늘리자니까. 품질 능력 향상시켜야 할 거 아니야."

그 말을 믿는 임원은 아무도 없었다.

생산방식의 이원화. 이건 기존 하청 업체 일감에 경쟁사를 붙여 치열한 싸움을 붙이자는 것이다.

지금과 같은 상황에선 품질 능력이 향상되는 게 아니라, 가격이 떨어질 것이다.

그게 회장이 원하는 바겠지.

"자본주의 사회에서 경쟁은 필수 아닌가?"

"……예."

"한양테크가 하는 짓, 그거 부동산으로 따지면 알박기야. 핵심 부품 하나 쥐고 우리한테 폭리를 취한다고. 장장 그게 10년일세, 10년. 이 정도면 원하청이 기술 협약 정도는 할 수 있는 거 아니야."

김 사장으로 불린 사내가 가만히 한숨을 쉬었다.

회장님의 의지가 확실해졌기 때문이다.

"한데 저희가 특허 보여 달라고 해도 보여 주지 않을 겁니다."

"핑계야 많잖아? 나중에 생산에 문제 생기면 우리도 타격을 입게 되니 기술 공유 좀 하자 그래. 이거 거부하면 그냥 비싼 값 주고 독일에서 수입해 쓰겠다 하고."

"그렇게 얻은 특허는 어디에……?"

"적당한 데 알아봐. 특허 설계안 주면 제일 잘 따라 만들 수 있는 곳으로. 둘이 쌈 붙여서 경쟁 시작되면 피스톤 납품 단가도 인하해 봐."

거래 끊겠다고 협박하면 당해 낼 재간이 없다.

"회장님. 그럼 기존 하청 정리하고 경쟁사에 일감 주면 거기랑은 평생 하실 겁니까?"

"굳이 그럴 필요 있나. 나중에 우리 자회사로 특허 이전해. 그건 그때 가서 얘기해 보자고."

경쟁사에 특허를 인도하고, 원 업체를 털어 낸다. 그러다 기회 봐서 경쟁사를 털어 내고 자회사로 회수한다.

최종적으로 그 피스톤 특허는 대웅조선이 갖게 된다.

슬며시 웃는 회장을 보며 준철은 소름이 돋았다.

수법이야 이미 짐작하고 있었다만, 회장이 직접 관여되었을 줄이야.

질 끝판왕 사망
한명그룹
김성균 본부
특허 까 봐

공정위는 곧 대웅조선에 러브레터를 보냈다.

[먼발치서 늘 당신을 훔쳐봤어요. 내일 여의도에서 만나요.]

쾅!

"대답들 해 봐. 공정위에서 왜 갑자기 소환장이 날아오지?"

노현석 회장은 임원들을 긴급 소집했다.

하지만 소환장을 면전에서 찢어 버리는 모습에 아무도 입을 열지 못했다.

"김 사장, 그 문제 아직도 해결 안 됐어?!"

"그게 저…… 합의를 시도하고 있긴 합니다만 진전이 없습니다."

"중기부에서 중재안까지 받아 왔잖아. 그럼 다 끝난 거 아니야?"

"아무래도 성에 안 차나 봅니다. 최 사장이 거부해 버렸습니다."

노현석 회장은 책상을 다시 내리쳤다.

"대관절 그거 하나 해결 못 해서 뭐 하자는 게야! 액수가 마음에 들지 않으면 적당히 값을 올려 주든가. 내가 이런 일까지 신경 써야 해?"

"송구합니다. 저희도 여러 차례 뜻을 전했습니다만…… 연락조차 받지 않고 있습니다."

"꼴도 보기 싫어. 다들 물러가."

밥값도 못하는 임원들이 물러갈 때 자리를 지키는 사람도 있었다.

노 회장은 긴 한숨을 내쉬며 비서실장에게 물었다.

"이 실장. 이거 어떻게 안 되겠나?"

"완강하다는군요."

"중기부에서 중재안 내놨잖아. 이거 법대로 가 봤자 그놈이 우리 못 이겨."

"최 사장도 그걸 모르고 덤비지는 않을 겁니다."

"아는데 왜 미련한 싸움을 하겠다는 거야?"

"전부 아니면 전무(全無). 모든 걸 잃을 각오로 덤비는 것 같습니다."

쥐도 궁지에 몰리면 고양이를 문다. 죽겠다 싶으면 호랑이라고 못 물겠나.

현재 한양테크가 그러했다. 법대로 가면 필패할 수밖에 없는 싸움인데, 여전히 사납게 달려들고 있다.

"멍청한 놈. 중기부 중재안은 거부한 쪽이 불리한 법인데."

그렇게 되뇌어 봤지만 노 회장의 마음은 편치 않았다.

다 된 밥상을 갑자기 누가 엎어 버리려 하지 않나.

갈가리 찢긴 공정위 소환장을 보며 한숨을 내쉬었다.

"대관절 이놈들은 뭐냔 말이야. 갑자기 왜 끼어들어."

"저희도 그 점이 납득되지 않습니다."

"이유가 뭔 것 같아?"

"공정위에서 그냥 진행하려 하는 것 같습니다. 중기부랑 싸우는 한이 있더라도."

이 미친놈들!

수사기관이 끼어들지 않으면 그냥 민사로 해결될 문제인데!

"아마 민사로 가게 내버려 두지 않을 것 같습니다. 저희도 특단의 대책을 세워야 할 것 같습니다."

"그럼 액수를 좀 올려 보지 그래. 4천이 성에 안 차면 뒤에 0 하나 더 붙여 줘."

"4억이요?"

"그게 내가 내릴 수 있는 최고의 특단이야. 왜, 그 돈도 성에 안 찰 놈인가?"

"그건 둘째 치고, 액수를 올리는 게 위험할 수도 있습니다. 저희가 찝찝하다는 걸 시인하는 꼴이니까요. 물론 서로 묵은 감정이 많아 그 액수에 합의도 안 될 겁니다."

회장은 미간을 짚었다.

민사로 가면 질 수가 없고, 지더라도 돈 몇억에 끝난다. 하지만 형사소송은 돈으로 막을 수 없는 문제.

만약 자신이 직접 개입된 게 드러나면, 검찰 포토 라인에서 망신까지 당해야 한다.

그것이 공정위 소환장이 거슬리는 이유였다.

"회장님. 그러지 말고 이렇게 하는 게 어떻습니까."

비서실장은 그 우려를 읽고 바로 대책을 내놨다.

"오랑캐는 오랑캐로 잡으시지요."

"이이제이? 설마 일신모터?"

"네. 이 문제를 하청들의 특허 분쟁으로 끝내는 겁니다. 우린 그냥 경쟁사가 더 좋은 제품 가져와서 거래처 바꾼 거라 하고."

"공정위가 바보도 아니고 그걸 퍽이나 믿겠어? 이놈들은 분명 특허 유출 경로 파악하려 들 거야."

"그게 안 되면 대타 선수 쓰면 됩니다. 우리 쪽 과장 하나가 기술 유출시켰다, 이 정도 선이면 금방 진화될 겁니다.”

완벽한 방법은 아니었지만 회장님의 얼굴은 한결 밝아졌다.

플랜 A든, B든 결국 자신에게 화살이 닿지 않는다.

“역시 일머리 있는 건 우리 이 실장밖에 없어. 사장이란 놈들은 요령이 없는 건지, 어쩐지 뒤통수만 얻어맞고.”

“실무진 아닙니까.”

“일도 그렇게 잘하는 것도 아니야. 내 원 참 믿을 놈이 없어.”

“걱정 마십쇼. 공정위에 출두하는 건 과장 하나 보내겠습니다. 나중에 탈이 나도 그놈이 뒤집어써 줄 겁니다.”

“경쟁사끼리 특허 분쟁을 겪는 모양인데, 왜 자꾸 우리가 거론되는지 모르겠습니다. 기업이야 단가랑 성능만 맞으면 어디든 거래할 수 있는 거죠. 따지고 보면 저희 대웅조선도 피해자예요. 이 사건이 조속히 해결됐으면 바랍니다.”

벌써 한 시간이나 이어진 소환 조사.

준철은 심드렁한 얼굴로 앞에 앉은 사내를 바라봤다.

“솔직히 저흰 왜 이 문제에 공정위가 개입하는지 의문입니다. 이미 중기부가 나서서 중재한 사안인데…… 괜히 판이 커졌죠. 당국이 개입하지 않으면 기업끼리 민사로 해결하겠습니다. 부디 저희 경영 정상화를 도와주십쇼."

준철은 펜을 놓고 처음으로 입을 열었다.

"그런 얘기는 좀 높으신 분이 와서 해야 하는 거 아니에요? 책임자를 오라 했는데, 왜 생산부 과장님이 오셨습니까?"

"제가 책임자입니다."

이 능구렁이 같은 놈이 사람 목소리 높아지게 만든다.

"일개 과장이 책임자라고요? 본인 권한이 뭔데요?"

"이 사건에 대해 모든 권한을 가지고 있었습니다."

"말장난 그만하세요. 이 모두 과장 선에서 내려질 수 없는 지시였는데, 책임자 왜 안 왔습니까."

준철은 수사 첫날부터 기가 막혔다.

최소 사장급이 와서 그럴듯한 변명을 늘어놓을 줄 알았는데. 일개 과장이라니.

그런 심정을 비웃듯 그는 웃으며 성질을 긁었다.

"젊은 팀장님께선 의전에 상당한 신경을 쓰는 것 같습니다? 일의 총책임자면 과장이든, 대리든 누가 올 수 있는 거 아니요."

"의전이라."

"모두 제 선에서 결정된 일이니, 괜히 일 키우지 말아 주십쇼."

준철은 삐딱한 시선으로 그를 응시했다.

놈들의 의중이 뭔지 대략 알 것 같았다.

"아, 그럼 우리 유지석 과장님께서 특허를 유출시키셨구나."

"네?"

"뭘 그리 놀라세요. 한양테크의 피스톤 기술 열람하고, 경쟁사한테 그대로 넘겨주지 않았습니까."

그제야 슬슬 약 올리던 놈의 얼굴이 굳어져 갔다.

"시작부터 살벌한 말씀을 막 하시는군요."

"아닙니까?"

"그런 적 없습니다. 하청사 두 곳이 피스톤 특허 가지고 분쟁을 겪고 있는 문제예요."

"그 분쟁의 씨앗을 대웅조선에서 심었잖아요."

"하청 업체 바꾼 거? 그건 그냥 단가랑 성능 고려해서 일신모터 선택한 것뿐이요. 최 사장은 거래 끊기니까 억하심정 생겨서 우리한테 덤비는 거고!"

그는 흥분한 목소리를 가라앉히고 숨을 골랐다.

"뭐 세상사가 다 그런 거 아니겠습니까? 축구 지면 심판이 매수된 것 같고, 친구가 시험 잘 치면 괜히 커닝한 것 같고."

"그렇죠. 근데 간혹 보면 진짜로 커닝을 했고, 심판을 매수한 경우도 있더라고요."

준철이 씩 웃었다.

"왜 남의 답안지 베껴 봤습니까?"

"마, 말도 안 되는 억측을."

"억측이 아니라 드러난 사실이 그렇습니다. 한양테크가 가지고 있는 이 피스톤 기술. 대웅조선에서도 국산화하려고 여러 번 시도했는데, 번번이 실패했죠. 그랬던 걸 갑자기 하청사가 국산화에 성공했고, 대웅은 여기랑 거래를 텄어요."

민감한 과거 얘기를 꺼내자 과장의 얼굴이 꿈틀거렸다.

"뉴스 뒤져 보니, 이 기술력이 상당하데요. 독일 3대 제조사와 비견해도 뒤처지지 않는 수준이라던데."

"고작 인터넷 뉴스로 나온 게 뭐 얼마나 정확하겠습니까. 말만 요란해서 그렇지 뜯어보면 그리 대단한 것도 아닙니다."

"그렇게 대단한 게 아니면, 왜 대웅조선은 독립 생산 못 했습니까."

"그, 그야 필요를 못 느꼈으니까."

"왜 못 느껴요. 한양테크가 기술 개발하기 전까지 독일 모터 업체들한테 바가지 쓰셨던데."

"……."

"중소기업이 국산화 성공해서 단가가 반으로 내려갔는데, 그걸로도 만족이 안 됐습니까."

먹어도 배부른 줄 모르는 놈.

국산화에 성공하고 가격은 반값이 됐는데 거기서도 만족을 못 했다.

아, 회장이 어떤 놈인지 적나라하게 들여다봤지.

경쟁사로 만족 못 하고 그걸 최종적으로 자기가 먹으려 하는 놈 아닌가.

"따라갈 수 없는 경쟁력이란 건 대웅조선이 스스로 증명한 겁니다. 한양테크랑 거래를 10년 넘게 이어 왔잖아요."

이쯤 했으면 바로 무너질 줄 알았는데.

과장이란 놈은 확실히 단련된 선수였다.

그는 오히려 천연덕스럽게 고개를 끄덕였다.

"네. 한양테크의 피스톤은 독보적인 기술이었죠. 그때 당시에는."

"당시에는?"

"근데 무슨 특허가 천년만년 가는 거 아니지 않습니까. 그 뒷내용도 보십쇼. 일신모터가 성능은 좀 떨어지는데 비슷한 제품을 만들어 왔어요. 가격이 거의 반값 수준인데 기업 입장에서 어딜 선택하겠습니까."

"그래서 더 웃겨요. 이 경쟁사가 어떻게 갑자기 이런 피스톤을 만들어 냈을까."

"그건 저희도 모르죠."

"아니요, 잘 아실 겁니다. 이 경쟁사가 끼어든 시점이 바로 여기 아닙니까."

준철이 서류를 가리켰다.

"대웅조선이 한양테크 특허 열람했잖아요. 작업표준서, 공정 순서, 부품 내역. 모든 기술 자료를 다 열람하고 나서 경쟁사가 등장했어요."

"……저희가 특허 열람했다는 증거 있습니까?"

"철두철미하더군요. 증거를 하나도 남기지 않고 열람했으니. 아, 처음부터 빼어 먹을 생각이었으면 이랬을 수도 있겠네요. 나중에 잡혔을 때, 증거가 남아야지 않으니까."

꿈틀거리는 그의 얼굴로 준철이 서류를 내밀었다.

"근데 하청도 바보는 아니에요. 당시 특허 열람 요청했던 문자, 통화 내역. 하청 사장이 전부 보관하고 있었습니다."

"이것만 가지고 단정 내리지 마세요."

"여기까지 했으면 인정할 줄도 아세요. 대체 남의 특허 왜 열람했어? 우연이라고 하기엔 설명이 많이 필요한 것 같지 않아?"

유 과장의 머리털이 쭈뼛 섰다.

비서실장님이 만만치 않을 것이라 언질을 주긴 했지만 이렇게 노골적으로 몰아붙일 줄 몰랐다. 젊은 놈이 반말까지 지껄일 줄이야.

'뭐지…… 우리가 특허 유출시킨 것까지 파악한 건가?'

예상했던 시나리오가 틀어지자 그가 말을 더듬었다.

"그런 적 없습니다. 그건 하청끼리의 문제예요."

"좋아. 그럼 특허 한번 까 봅시다."

"……예?"

"경쟁사가 가져왔다던 피스톤 까 보라고요. 성능만 비슷한

지, 아니면 정말로 똑같은 피스톤인지. 우리가 제품 직접 보고 판단하겠습니다."

오 과장은 후회 중이었다.

"아무리 그래도 특허를 까라니? 엄밀히 말해 우리가 경쟁사 특허까지 볼 권한은 없어."

"됩니다, 과장님. 영장만 있으면 다 돼요."

"야이! 검찰이 무슨 영장 자판기냐? 신청한다고 다 나와?"

"본청 기술유용팀한테 부탁하죠. 여기서 특허 침해됐다 판단하면 영장 무조건 나옵니다."

잠시 잊었다. 이놈은 대통령 빤쓰도 훔쳐 올 수 있는 놈이라는 걸.

젠장. 이럴 줄 알았으면 내가 직접 소환 조사하는 건데.

오 과장이 미간을 좁히자 준철이 더 열을 올렸다.

"과장님 솔직히 생각을 해 보십쇼. 공정위 소환 조사에 일개 과장을 보낸 놈들입니다. 전 최소한 사장급은 나올 줄 알았습니다."

"……."

"이건 벌써부터 꼬리 자르기 들어가는 거죠. 하청들의 특허 분쟁으로 끝내려다가 정 안될 것 같으면 과장이 다 뒤집어써 버릴 겁니다."

"그럼 이 팀장은 이거 어디까지 관여됐다 보는데."

"이런 지시는 최소 사장급 이상, 아니 회장의 묵인 없이는 절대로 이뤄질 수 없는 결정입니다."

준철은 단정적으로 말했다. 정체불명의 대화로 이미 확인한 바 있었으니.

오 과장도 긴 고민에 잠겼다. 회장, 사장, 부사장, 전무…… 최소 8계단은 내려가야 과장이 나오는데, 배짱 좋게 과장을 보내 버리다니.

놈들의 불손한 의도는 이미 다 드러난 것이다.

"그 과장이란 놈은 뭐야?"

"아무래도 히트맨 같습니다. 특허 유출을 시킨 놈."

"저지른 건 그놈이어도 뒤에 지시는 따로 있었고?"

"예. 그 뒷선까지 밝혀내려면 저희도 여러 수사팀 필요합니다."

"이 팀장……."

"꼬리 자르기 안 돼요. 몸통은 따로 있는데 수족들만 쳐서 뭐 하겠습니까."

역시나 그 배후 세력까지 칠 생각이군.

"이건 진짜 만약에 말이야…… 본청 기술유용팀 붙으면 이거 드러낼 수 있어?"

"네. 하청사 두 곳의 피스톤 모두 입수했습니다. 기술유용팀이 동일 상품이라 판단해 주면 기소-영장 동시에 칠 수 있습니다."

공정거래위원회 기술유용팀.

변리사와 기술직들로 이뤄진 이곳은 공정위의 감별사로 통하는 곳이다.

한마디로 특허가 침해됐다, 아니다를 감정하는 곳인데, 각계 전문가들로 이뤄진 만큼 소견서가 엄청난 법적 효력을 가졌다.

한양테크와 일신모터의 피스톤을 가져다주면 이게 껍데기만 다른 상품인지, 정말 다른 상품인지 금방 판가름이 날 것이다.

"후우-."

하지만 권한이 상당한 만큼 엉덩이가 무거운 곳.

특허 분쟁은 고도의 전문성이 필요하기에 도움을 요청한다고 무조건 도와주는 게 아니었다.

그리고 원청의 입장도 냉정히 들어 봐야 하지 않나? 대웅조선이 거래처를 바꾸자 한양테크가 앙심을 품고 덤비는 거일 수도 있다.

오 과장은 솔직히 후자라고 생각했다.

연초부터 보여 준 최 사장의 퍼포먼스를 생각하면, 아무리 봐도 그놈이 미친놈이다.

"과장님. 원청에서 특허 열람한 게 결정적인 거 아닙니까?

비슷한 시기에 갑자기 경쟁사가 등장한 건 말이 안 돼요.”

“그럼 공정위 앞에서 단식투쟁하는 건 말이 되고?”

“그건…….”

“엄밀히 말해 이건 민사로 해결하는 게 제일 깔끔하다. 아니면 특허청 특허심판원을 가든가.”

맡고 싶지 않은 게 솔직한 심정.

하지만 한 가지가 거슬렸다. 언뜻 보기에도 대웅조선이 특허 갈취했는데, 이걸 하청들의 분쟁으로 끌고 가려 한다. 그리고 만약의 사태를 대비해 벌써 대타 선수까지 쓰고 있다.

구린내가 심하단 뜻이다.

“…….”

준철의 말대로 이건 배후 세력이 확실했다.

만약 공정위가 손 떼면 하청이 승소한다 하더라도 배후 세력은 영영 밝혀내지 못할 것이다. 그걸 아니까 이 무모한 놈이 달려드는 것이겠고.

긴 생각에 잠겼던 그는 이내 입을 열었다.

“일단 본청에 보고는 올려 보지. 근데 장담은 못 해.”

“감사합니다! 과장님.”

“뒷말 못 들었어? 장담은 못 한다니까. 나도 설득은 최대한 해 본다. 근데 본청에서 안 도와주면 너도 이거 손 떼. 배후 세력까진 못 찾는 거다.”

납득할 수 없는 말이었지만, 승복해야 할 문제이기도 했다.

“알겠습니다, 저도 포기하겠습니다.”

“후우- 입수한 피스톤 상품 제출하고 일단 대기해.”

“저기 그…… 언제까지.”

오 과장은 준철을 빤히 바라봤다.

“아니, 언제까지든 대기하겠습니다. 감사합니다.”

“반장님. 저희 피스톤 입수한 거 기록보관실로 옮겨 주세요.”

과장실에서 돌아온 준철은 바로 오더를 내렸다.

“설마 바로 수사하라 합니까?”

“일단 본청에 보고를 해 주시겠다 합니다. 기술유용팀 붙을 거예요.”

“언제까지……?”

“잘은 모르겠어요. 본청에서 도와줄지도 미지수고.”

오 과장이 본청에 잘 설득해 줘야 한다.

제발 본청에서 수사가 빨리 떨어지기를.

“그리고 중기부에서 가져온 자료. 저희가 소환 조사했던 자료 모두 보고서로 만들어 주세요. 과장님 내일 당장 출발하신다니까 그때까지요.”

그렇게 반원들이 흩어질 때쯤 김 반장이 조심히 말을 붙였다.

"팀장님. 우리 쪼오금 드라이하게 접근하는 건 어떨까요."

"뭐 걸리는 부분 있으세요?"

"외연상 대웅조선이 특허 뺏은 건 확실해 보이는데…… 그래도 눈에 보이는 게 있지 않습니까. 하청이 다른 하청 특허 훔쳐 갔을 수도 있습니다. 일단 경쟁사 한번 소환해 보는 게……."

충분히 해 볼 만한 우려다.

어찌 됐건 경쟁사끼리 붙은 싸움이니.

"그럼 말려드는 거예요."

하지만 그렇게 되면 수사가 꼬인다.

"경쟁사 데려와서 뭘 묻겠습니까. 이 피스톤 어떻게 만들었나 묻는 것밖에 없잖아요."

"추궁하다 보면 몸통이 나오지 않겠습니까. 대웅조선이 넘겨줬단 진술만 나오면 완전히 끝나는데."

"뒤집어쓰면 썼지, 그런 대답이 쉽게 나올 리 없죠."

"뒤집어써요……? 하청이?"

"첫 소환 조사에서 과장급 보내는 거 보면 답 나오잖아요. 하청이 뒤집어써 준다면 쌍수 벌려 환영일걸요. 그리고 이런 상황에서 하청이 자백할 리도 없습니다. 우리 수사에 협조하면 처벌은 처벌대로 받고, 거래는 거래대로 끊기니까."

이런 상황에서 경쟁사 데려와 봤자 뭘 하겠는가. 시답잖은 얘기나 듣고 얼굴 붉히는 게 끝이겠지.

도리어 그건 해가 될 수도 있다.

대웅조선은 어떻게든 이 문제를 하청들의 분쟁으로 돌리고 싶어 한다. 경쟁사를 소환하는 순간, 그들이 원하는 시나리오로 흘러간다.

"그럴 수도 있겠군요."

단호한 준철을 보며 김 반장은 확신했다.

젊은 팀장의 최종 목표는 배후 세력 색출이다.

"그럼 팀장님은 이 문제 어디까지 관여됐다 보십니까?"

"회장이요."

기다렸다는 듯 답이 나오자 당황스러웠다.

"사장이 아니라…… 노현석 회장이요?"

"이런 간덩어리 큰 짓은 절대로 사장 선에서 나올 수 없는 결정입니다. 직접 지시는 몰라도 보고는 무조건 들어갔어요."

적당한 말로 둘러대니 김 반장이 한숨을 쉬었다.

"아이고, 그럼 진짜로 사건 커지겠네."

"네. 기술유용팀 붙고 기소 영장 나와야 돼요."

"과장님이 빨리 재가받아 오셔야 할 텐데."

"기다려 보죠. 저희 과장님도 느긋한 스타일은 아니니."

준철은 웃어 보였지만 속은 그 누구보다 복잡했다.

노현석 회장은 지금 호위무사가 엄호하고 방탄조끼까지 입고 있는 상황.

이걸 다 밝혀내려면 아마 큰 싸움이 될 것이다.

본청에 도착한 오 과장은 심란한 얼굴을 감출 수 없었다.

기술유용팀에 협조 공문을 보냈는데, 사흘째 묵묵부답.

더 이상 지체할 수 없어 약속도 잡지 않고 무작정 방문한 터였다. 올 때마다 불편한 세종시가 오늘은 더 불편하게 느껴진다.

긴장한 기색으로 본청에 도착하니 예상대로 기다림의 연속이었다.

그렇게 오전에 도착해 하루가 끝날 때쯤 되어서야 겨우 담당자를 만날 수 있었다.

"자초지종을 읽어 봤는데, 이거 꼭 공정위가 맡아야 하는 겁니까?"

담당자로 보이는 이가 공격적인 말투로 물었다.

"딱 봐도 민사로 해결할 수 있는 것 같은데. 맡아 봤자 골머리만 썩겠습니다. 특허청으로 보내시지요."

"심 과장님. 그게 그들이 원하는 겁니다. 민사소송으로 가면 지들이 이길 거 아니까 지금까지 버티는 거죠."

오 과장은 예의 차릴 것 없이 목소리에 힘줬다.

"대웅조선이 특허를 열람했던 시기를 보십쇼. 이유도 없이 특허를 열람했고, 갑자기 경쟁사가 붙어 버렸습니다."

"원청이 특허 정보를 흘렸다는 겁니까?"

"네. 그게 아니면 설명할 길이 없습니다. 그래서 저희가 소환해 봤는데 과장급이 왔습니다. 이건 수사에 응할 마음이 없다는 거죠."

대웅조선은 법정으로 가고 싶어 한다.

그렇게 되면 시간도 오래 걸리고, 약한 쪽이 나가떨어질 테니까.

담당자는 긴 한숨을 내쉬다 말했다.

"솔직히 저흰 잘 모르겠습니다. 정황을 놓고 보면 의심이 가긴 하지만, 하청이 악의적으로 고발했을 가능성도 커 보여요. 지금 이 하청 사장이 공정위에서 단식투쟁까지 했다는 거 아닙니까."

그가 따끔하게 현실을 직시하자 오 과장도 할 말이 없었다.

"그건 그렇습니다."

"냉정하게 봤을 때 그런 사람 중에 정상이 있었나…… 잘 모르겠네요."

"그건 저도 마찬가지였습니다. 근데 서류를 들여다보니 왜 그 사람이 그랬는지 이해가 조금 되더군요."

"그냥 민사소송하면 우리까지 나설 필요 없을 것 같은데."

"변호사 몸값만 비교해 봐도 누가 이길지 뻔히 알지 않습니까. 이건 수사기관에서 나서 줘야 합니다. 반드시 배후 세력 밝혀야 해요."

오 과장은 강조하며 말을 이었다.

"피스톤 두 개 입수했습니다. 이거 동일 상품인지 아닌지 판단해 주십쇼. 나머진 저희가 검찰에 기소-영장치고 알아서 하겠습니다."

그 말을 끝으로 긴 침묵이 흘렀다.

고려해야 할 게 많다.

특허를 침해했는지 안 했는지는 둘째 치더라도 일단 중기부가 중재안 낸 사건 아닌가? 비슷한 수사기관에서 끼어드는 것 자체가 불편한 일이다.

"그럼 저희한테 브리핑 한번 해 주실 수 있습니까? 솔직히 중기부가 중재안 내준 사건이라 우리도 불편합니다. 해야만 하는 이유가 뭔지, 실무진에게 직접 듣고 싶습니다."

"여부가 있겠습니까. 브리핑 날짜 바로 잡아 주십쇼. 상세히 보고드리겠습니다."

희망이 보이자 오 과장은 세상 인자한 얼굴로 웃어 보였다.

'옌장할- 중기부랑 또 피 터지도록 싸워야겠네.'

물론 속으론 울고 있었지만.

D-2. 본청 발표 이틀 전.

중대한 발표를 앞두고 종합감시팀은 연일 밤샘 작업을 이어 갔다.

오 과장을 통해 본청 분위기는 다 전해 들었다. 되도록 나서고 싶지 않아 하는 분위기 아닌가.

"어휴- 이거 중기부에서 중재안만 안 내줬어도."

"그러게요. 중재안 때문에 본청도 많이 꺼려 하는 분위기랍니다."

그야말로 졸속 중재다. 이 정황들을 모두 보고도 4천만 원 소리가 나왔다니.

당연히 합의하란 소리가 아니라, 네들끼리 민사로 해결해라 하는 뜻이었을 거다.

"근데 어떡하죠. 이거 수사 확대되면 중기부랑 더 크게 싸워야 하는데."

"그런 거 재고 따졌으면 애초에 만지지도 않았다. 그냥 시키는 대로만 해."

젊은 팀장의 성질은 이미 알지 않나?

중기부를 직무유기로 감사원에 고발해 버릴 수도 있는 사람이다.

"팀장님. 요청하신 자료 다 정리했습니다."

그렇게 자료 정리가 다 끝났을 땐, 브리핑이 하루 앞으로 다가와 있었다.

비몽사몽 잠에서 깬 준철은 힘없이 서류를 받아 들었다.

"또 한숨도 못 자셨습니까?"

"자도 잔 것 같지가 않네요."

"벌써 그래서 어떡합니까. 이거 수사 떨어지면 더 날밤 새울 텐데."

"막상 닥치면 또 정신 번쩍 들겠죠."

하지만.

준철의 정신이 번쩍 뜨이는 데에는 그리 오랜 시간이 걸리지 않았다.

"반장님…… 이거 다 사실입니까?"

"예. 대웅조선 이놈들 상습범이더군요. 근 5년 내에 특허 소송 당한 게 벌써 8번째입니다. 3억짜리 조명 기구부터 시작해서 핀지그캡, 피스톤 뭐 가리지 않고 다 뺏어 먹었어요."

"이런……."

"피스톤만 확인해 볼 게 아닙니다. 이놈들은 그냥 배 한 척을 통째로 해부해서 부품 다 확인해 봐야 할 정도예요."

익히 예상했다만 이 정도였을 줄이야.

대웅조선은 선박 업체가 아니라 산업스파이 집단이었다. 티 안 나는 선박용 조명 기구부터 엔지니어들의 공법까지.

돈이 좀 된다 싶으면 무리하게 특허를 열람했고, 법으로 정한 서면(열람 확인서) 의무도 지키지 않았다.

'노현석 회장…… 어쩐지 능수능란하더라니.'

과연 그 노인네의 마수가 어디까지 뻗쳐 있을까?

얼핏 봐선 관여가 안 된 사건이 없어 보이는데.

"괜히 머리만 더 아파졌나요. 발표가 하루 앞인데."

"오히려 더 위안이 되네요. 이렇게 흠이 많아야 수사 명분도 세워지죠."

털어서 먼지 안 나는 기업 없다지만, 이건 먼지밖에 안 보이는 기업이다.

확보된 자료는 발표를 앞둔 긴장감을 싹 날려 줄 정도였다.

"근데 사건이 이렇게나 많은데 그간 어떻게 다 피해 갔대요."

"가장 큰 이유는…… 당국의 무심함이죠. 이런 신고가 접수돼도 대부분 나서지 않았습니다. 특허청이나 중기부나, 그리고 저희나."

당국에 신고가 접수되어도 모두 발 빼기에 급급했다. 그건 지금도 실시간으로 체감하고 있지 않나. 원·하청이 민사소송으로 가면 하청의 필패다.

이 처참한 보고서는 무관심을 먹고 자란 괴물들이다.

"딴 건 몰라도 한 가지는 확실합니다. 기술유용팀이 감정 제대로 해 주지 않으면 이번에도 필패예요."

전문 기술이 축약된 얘기를 공정위 직원이라고 얼마나 잘 하겠나. 이건 반드시 전문가가 붙어야 한다.

김 반장이 우려를 표하자 준철이 굳은 얼굴로 서류를 덮었다.

"수사 반드시 떨어집니다. 저만 믿으세요."

브리핑 당일.

모처럼 본청 공정위가 시끌벅적했다. 지방 공정위에서 본청에 보고를 올리는 일은 그리 많지 않다. 대부분은 본청에서 오더가 내려가는 경우 아닌가.

이런 역보고는 민감한 사항이거나, 수사에 전문 인력이 필요할 때뿐이다. 이번 사건은 이례적으로 그 둘 다에 해당하지만.

"아무리 그래도 그렇지. 중기부가 중재안 내준 걸 왜 하겠다는 거야? 중재안은 거부한 쪽이 불리하다는 걸 모르나."

"그러게 말이야. 가만두면 민사로 다 해결될 문제인데."

"들어 보니 이번 수사 맡은 게 그놈이래. 올해의 공정인상 탄 놈."

"뭐? 그 행시 출신 풋내기?"

강당에 모인 사람들은 시선이 곱지 않았다.

세상 물정 모르는 풋내기가 설치는 꼴로 보였기 때문이다.
"팜플릿은 또 왜 이렇게 길어?"
"이 친구 아주 그냥 대웅조선을 다 들쑤셔 놨네."
대웅조선의 특허 시비를 모두 나열한 팜플릿도 마음에 안 들었다. 보통 자기 생각에 확신이 없으면 말이 길어지는 법.
그렇게 비아냥거리는 분위기가 팽배했지만 그 소란은 얼마 가지 못했다.
"아, 아니 위원장님께선 여긴 왜……."
"뭘 그리들 놀라? 내 뒤에 귀신이라도 있어."
"아닙니다. 한데 여긴 어인 일로?"
"일하려고 왔지 별일은 무슨."
예고도 없이 박기철 위원장이 등장해 버렸기 때문이다.
대학생 조별 발표하는데 갑자기 총장님이 방문해 버린 격이다. 모두가 숨을 죽이고 기술유용국장의 얼굴만 바라봤다.
"브리핑 주제가 뭐길래 쩔쩔매고 있나. 혹시 나 있으면 안 되는 자린가."
"그럴 리가요, 대웅조선의 특허 탈취 사건입니다."
"으흠. 주제 한번 마음에 드는구먼. 작년에 우리 특허 갑질 사건은 한 건도 성공한 게 없는데. 정초에 딱 어울리는 주제야."
"일단 앉으십쇼. 미리 말씀하셨다면 따로 자리를 마련했을 텐데."

"됐어. 없는 사람 치고 해."

있는 사람을 어떻게 없는 사람으로 칩니까.

국장은 얼굴로 그리 말하며 상석을 양보했다.

가시방석이 따로 없었다. 앞에 있는 브리핑에 집중해야 하나, 옆에 계신 위원장님에 집중해야 하나…….

한편 그 시각.

기술유용국장 이상으로 긴장하고 있는 이도 있었다.

"과장님. 이 자리 원래 원장님까지 오기로 돼 있었습니까?"

"……나도 몰랐어. 위원장님이 왜 계시지?"

위원장님의 느닷없는 방문에 손에 진땀이 났다.

이럴 줄 알았으면 팜플릿이라도 깔끔하게 만들걸! 수사 따내려고 문제가 될 만한 거 다 집어넣었는데. 지금 보니 어린애가 떼쓰는 수준의 팜플릿이다.

"이 팀장. 그래도 위원장님이 우리 팜플릿을 꼼꼼하게 읽는 것 같다. 징조가 좋아 보이네."

오 과장이 위로랍시고 어깨를 두들겼지만 긴장은 조금도 가시지 않았다.

"쫄 거 없잖아! 나한테 늘 하던 대로 들이받아. 원래 말빨로 사람 홀리는 거 네가 제일 잘하는 거잖아."

"네…… 응원 감사합니다."

저게 응원인가, 핀잔인가.

풀이 잔뜩 죽은 목소리로 대답하는 준철이었다.

귀빈을 모신 자리이니만큼 준철도 긴장했다.

하지만 쫄지 않기로 했다. 어차피 했던 말을 다시 확인하는 자리 아닌가?

종합감시팀은 이번 수사의 당위성을 설명하기 위해 이미 수많은 자료를 본청에 보냈다.

준철이 하는 일은 이걸 상기시키며 설득력 있는 목소리로 다시 한번 강조하는 것이었다.

"……이번 사건의 핵심은 전문가들의 소견입니다. 주지했다시피 저희는 경쟁사 두 곳의 피스톤을 드린 바 있습니다. 본청 기술유용팀이 제품 분석을 해 주시면 수사에 큰 도움이 될 것입니다."

발표가 끝나자 모두의 시선이 한곳으로 향했다.

"아, 눈치 보지 말고들 해. 없는 사람 치라니까. 발표자한테 뭐 질문 없어?"

그리 운을 떼자 한 사내가 손을 들었다.

"현재 가장 찝찝한 부분에 대해서 먼저 질문하고 싶습니다."

"네, 말씀하십쇼."

"중기부에서 중재가 들어간 사건으로 알고 있습니다만, 거부는 하청이 했더군요."

"네."

"이러면 하청이 불리하다는 것 아시죠? 그리고 우리가 덜컥 끼어드는 것도 모양새가 안 좋아 보입니다."

"먼저 설명드리자면, 이건 중기부에서 저희한테 넘어온 사건입니다. 그러니 끼어들고 말고의 문제는 아닌 것 같습니다."

준철은 공격적인 질문에도 당당히 소리를 높였다.

차라리 다행이다. 저리 나와 주니 앞에 있는 위원장이 덜 의식되었다.

"그리고 중기부에서 흐지부지 끝난 걸 우리까지 거부하면 민사소송을 갈 수밖에 없는데…… 이럼 사실상 대웅조선에 면죄부를 주는 거죠."

"민사도 엄연한 소송입니다. 이걸 면죄부라 부를 수 있습니까."

"변호사 더 센 쪽이 이기는 싸움인데, 우리가 안 하면 그게 면죄부죠."

"아니……."

"모든 정황을 살펴보면 특허 도용이 명백합니다. 그럼 우린 특허 유출을 누가 시켰는지, 최종 배후는 누구인지 전부 파악해야죠. 민사로 이게 어떻게 밝혀지겠습니까."

두 사람 간에 말싸움이 붙자 회의실이 술렁거렸다.

"그건 너무 단정적입니다. 아닌 말로 경쟁사가 비슷한 특허를 개발할 수도 있었던 거잖아요."

"그러기엔 너무 이상한 정황이 많아요. 대표적으로 특허 열람. 그럼 대웅조선은 왜 하청 기술을 열람했겠습니까."

"뺏으려고 열람했다는 겁니까?"

"네. 그리고 이 모든 사건에는 노현석 회장이 연루되어 있을 것이라 판단합니다."

회장 이름이 직접 거론되자 소란이 더 커졌다.

무엇보다 인상적인 건 박기철 위원장의 반응이었다. 온통 민감한 얘기들투성이인데 되레 웃음을 터트리고 있지 않나.

"상식적으로 이런 결정이 회장에게 보고되지 않고 이뤄지지 않았을 거란 말이죠. 또한 대웅조선은 특허 시비가 이번 한 번이 아니었습니다. 팜플릿에 나열된 대로 크고 작은 시비만 8건. 그야말로 뺏을 수 있는 건 다 뺏었습니다."

이런 장기간의 비리를 회장이 몰랐다면 말이 안 된다. 정말 그랬다면 무능한 것이고.

"솔직한 심정으론 그냥 배 한 척 골라서 다 해부해 보고 싶습니다. 그간 뺏어 온 특허가 얼마나 되는지."

'아니 어떻게 배 한 척을 다 해부해?'

'저런 미친놈을 봤나.'

'팜플릿에 나열된 걸 다 밝혀내겠다는 거야?'

청중들도 포기했는지 이제는 숨소리도 들리지 않았다.

공격적인 질문을 던졌던 사내만 기가 찬 얼굴로 말했다.

"아니 대체 그건 방법이 있는 얘깁니까? 대웅조선한테 배 달라고 하면 주겠어요?"

"안 주면 우리도 뺏어 와야죠. 중기부가 생산제재 내려 주면 수사 협조할 수밖에 없습니다."

"새, 생산제재?"

"네. 원청의 책임이 있어 보이는 특허 분쟁은 생산을 제한할 수 있지 않습니까. 솔직히 말해 중기부도 이 사건 성의 없이 본 겁니다. 이건 당국에도 책임이 있죠."

그 말을 끝으로 더 이상의 질문은 나오지 않았다.

건드려선 안 될 놈 같았다. 질문을 하면 할수록 감당하기 힘든 방책만 내놓는다.

위원장만이 이 모습을 흥미롭게 바라보며 처음으로 입을 열었다.

"끝? 더 이상의 질문 없나?"

주변이 조용했다. 위원장님이 결정하란 뜻이다.

"재밌는 얘기구먼. 중기부가 성의 없이 중재안 낸 걸 트집 잡아서 생산제재까지 끌어내야 한다니."

그는 허허실실 웃으며 옆에 있는 국장에게 시선을 돌렸다.

"근데 심 국장. 이거 진짜 배 한 척 골라잡아서 다 뜯어 볼 수 없나?"

"예?"

"들어 보니 이것들 상습범이구먼. 저 친구 말대로 분명 드러나지 않은 특허 탈취가 더 많을 거야."

"그야 그렇지만……."

"기회 줄 테니까 한번 해 봐. 배 한 척 다 분해해 보면 아주 볼만하겠네."

그리 말하자 참았던 신음들이 터져 나왔다.

이 회의실에서 진짜 미친 사람은 따로 있었다.

질 끝판왕 사망
한명그룹
김성균 본부
중기부 VS 공정위

탕! 탕! 탕!

포항 앞바다, 대웅조선 건설 현장.

자동차 매연과 비교도 할 수 없는 무거운 기름 냄새가 흐르는 곳이다.

포항 앞바다는 여느 날처럼 중장비 모터 돌아가는 소리로 하루를 시작했지만, 오늘은 사뭇 그 분위기가 달랐다.

"뭐시여 저건?"

봉고차 세 대가 도착해 갑자기 양복쟁이들이 내리지 않나.

작업복 차림의 인부들은 하나같이 불안한 얼굴이 됐다. 양복쟁이들은 보통 본사에서 온 높으신 분들이기 때문이다.

"오늘 현장 시찰이 있었어? 왜 본사 사람이 왔대."

"본사가 아니라, 공무원들 같은데."

"공무원? 아니 우리 현장에서 사고 터진 것두 없잖혀. 불안하게스리 왜 저리 떼거지로 와."

탕…… 탕…… 탕.

시끄럽게 울리던 모터 소리가 이내 조용해졌다.

산업재해 원탑 업종이었기에 이들은 경험적으로 알고 있었다. 공무원들이 저리 등장할 땐 피바람이 닥친다는 걸.

"저 중장비 기계가 한 시간 정도 안 돌아가면 한 20억씩 손해일 겁니다. 이제 좀 성이 풀리십니까?"

조용해진 광경을 보며 기술유용 박 팀장이 빈정거렸다.

브리핑 때의 앙금이 아직 남은 모양이다.

"이제부터 시작인걸요, 뭐."

"하– 참."

"저한테 하실 말씀이라도."

"경거망동한 언사였습니다. 배 한 척을 다 뜯어보자니."

"결정은 위원장님께서 내려 주신 겁니다."

"그 양반이야 곧 퇴임할 사람이고, 우린 남아야 할 사람 아니요. 살다 살다 배 한 척을 다 분해해 보는 건 처음입니다."

준철은 피식 웃음이 나왔다.

직무유기가 무슨 자랑스러운 얘기라고. 배 한 척 뜯어보면 지금까지 뺏어 갔던 특허가 다 나올 것이다.

그 현실을 마주할 자신이 없는 거겠지.

"진짜로 배 다 분해하는 거 아니잖아요. 샘플만 확보하는 건데."

"그거나 저거나."

"위원장님이 일임하셨으니 샘플 선박은 제가 골라도 되죠?"

"마음대로 하세요. 난 더 신경 안 쓰고 싶습니다."

준철은 두리번거리다 가장 크고 웅장한 선박 하나를 가리켰다.

"아주 크고 좋네요. 기왕이면 부품 많이 들어가 있는 게 좋죠?"

"아니, 10만 톤짜리 화물선을 뜯자니요?! 저 배는 공정위 예산보다 더 비싼 겁니다."

"농담입니다. 그 옆에 있는 200톤짜리로 하죠."

"지금 이 상황에서 농담이 나와요?"

그러게 어차피 본전도 못 찾을 거 왜 퉁을 부려?

준철이 씩 웃자 그가 팩 하니 돌아섰다.

뒷모습을 보니 좀 미안하긴 하다. 울화통이 터질 만큼 스케일이 커지긴 했지. 하지만 누군가는 해야 할 일이란 생각엔 변함이 없었다.

준철은 곧 자리로 돌아와 김 반장에게 말했다.

"반장님. 지금까지 특허 시비 걸렸던 거 싹 다 정리해서 기술유용팀 주세요."

"네."

"피스톤 도용 확인되면 바로 중기부로 가겠습니다."

200톤짜리 배를 분해하는 데는 채 이틀이 걸리지 않았다. 본래 부수는 게 만드는 것보다 쉬운 법이다.

조립품을 다 분해한 공정위는 바로 대조 작업에 들어갔고, 그 결과는 그대로 중기부에 전송되었다.

"뭐, 뭐야?! 배 한 척을 다 뜯어 봤다고."

"예. 200톤짜리 선박 하나 잡아서 진짜로 다 해부했습니다. 이번 피스톤뿐 아니라 그간 시비 걸렸던 특허를 다 조사했다고……."

"하아…… 그래서 결과는?"

"상당 부분 다 사실로 확인되었습니다. 아직 조사 중에 있지만 주요 부품 세 개는 거의 명백한 특허 도용이라 합니다."

전례가 없는 수사에 가장 충격을 받은 건 대웅조선이 아니라 중소기업부였다.

현재 문제 된 부품 모두 과거에 다 신고된 사건들 아닌가? 예나 지금이나 중기부의 대처는 다름이 없었다. 손 떼고 그냥 민사소송으로 가게끔 내버려 두었는데, 자칫하면 단두대에 함께 올라갈 판이다.

“과장님, 저희도 무슨 대책을 세워야겠습니다. 만약 공정위가 이 자료를 국회에 넘겨 버리면 연초부터 국정감사가 열릴지도 모르겠습니다.”

과장의 머릿속엔 지옥도가 그려졌다.

중소벤처기업부, 말 그대로 중소기업의 울타리가 되어 줘야 할 곳 아닌가? 나 몰라라 했던 사실이 드러나면 금배지들이 가만있지 않을 거다. 국감은 곧 단두대나 다름없었다.

“피스톤은 뭐래. 이것도 도용된 거래?”

“예. 부품 대조를 해 봤는데 완벽하게 일치하는 상품이랍니다. 대웅조선에서 특허를 열람하고 그 도면을 경쟁사로 넘긴 것 같습니다.”

“그럼 특허 유출 경로는?”

“파악 중입니다만 노 회장 연루설이 나오고 있습니다. 기소 처리되면 아마 공정위가 더 공격적으로 수사할 겁니다.”

벌써부터 머리가 아득해질 때, 바깥에서 노크 소리가 들렸다.

“과장님. 공정위 담당자가 찾아왔는데요.”

“누구야, 그때 그 젊은 놈이야?”

“네.”

젠장 두 번 볼 줄 알았다면 좀 더 친절하게 대해 주는 건데.

담당 과장은 허겁지겁 서류를 정리하고 말했다.

"일단 들어오라 그래. 그리고 다들 나가 있어 봐."

"어서 오세요. 자주 뵙네요, 우리 팀장님하곤."

다시 만난 중기부 과장은 퍽 친한 척을 해 왔다.

준철은 그 모습이 첫 만남보다 더 기분 나빴다. 사태 파악 다 됐으면 이런 웃음이 나올 수 없는데.

"들을 얘긴 들었습니다. 배 한 척을 다 분해해 보셨다고."

"예. 그 결과를 어제 보내 드렸습니다만."

"흥미롭더군요. 근데 너무 중구난방이랄까. 선택과 집중을 해서 수사를 진행하면 좋겠는데…… 너무 이것저것 많더라고요."

기가 차는 얘기였지만 준철은 죽을 맞춰 고개를 끄덕였다.

"아직 부족함이 많습니다. 해서 몇 가지 좀 부탁드리고 싶은 게 있는데."

"말씀해 보세요."

"중기부에서 왜 중재안을 4천만 원만 줬는지. 여기에 대한 설명을 듣고 싶습니다. 아, 오해는 없으셨음 합니다. 저희가 놓치는 부분이 있을지도 모르니……."

탕!

그럼 그렇지. 민감한 얘기를 꺼내자 바로 본색이 나온다.

"거 좀 이상하게 들립니다."

"뭐가요?"

"왜 중재안이 4천만 원이냐…… 이게 꼭 누굴 탓하는 것으로 들린단 말이죠? 대웅조선이 무슨 폭력적인 방법을 동원해 특허를 열람했던 것도 아니고. 우린 두 기업이 상호 신뢰를 바탕으로 기술을 공유한 줄 알았습니다."

기술 공유라.

"솔직히 하청도 잘한 건 없잖아요? 그렇게 중요한 특허였으면 원청에 왜 보여 줍니까? 아닌 말로 우린 아직도 의심스러워요. 처음엔 의기투합해서 뭐 해 보려다가 일 틀어지니까 이렇게 되지 않았나. 중재안은 그래서 그 액수 나온 거요."

"들을수록 기가 차는군요."

"뭐?"

"힘센 놈이 답안지 보여 달라는데 안 보여 줄 재간 있어요? 학교 선생한테 일러 봤자 이렇게 화해시키는데 버틸 재간 있어요?"

"이, 이 사람이 어디라고 망발을!"

"그냥 손 떼기 바빴잖아요. 그게 누적돼서 지금 이 꼴이 난 거 아닙니까."

당국의 무관심을 틈타 대웅조선이 뺏어 간 특허만 8건이다.

"이걸 민사로 돌리는 건, 괴롭힘당한 놈한테 네 힘으로 싸워서 이겨 보란 뜻입니다."

"……그래서 원하는 게 뭐요."

"중재안 철회하세요. 이 졸속 중재안 때문에 하청이 더 피해입고 있습니다."

그리 말하며 준철이 서류를 건넸다.

"그리고 근시일 안에 대웅조선 생산제재 내리세요."

"뭐, 뭐요? 생산제재?"

"네. 현재 대웅조선의 책임으로 특허 시비에 걸리지 않았습니까. 행정명령 발동 요건은 다 충족됐습니다."

"아니, 그게 요건만 충족되면 다 되는 건 줄 알아요? 이건 기업들한테 사형선고야. 우리도 함부로 못 내린다고."

"원청이 하청 하나 죽여 놨는데, 사형선고는 안 된다는 겁니까? 아니지, 파악된 것만 8건이 넘는 연쇄살인범인데 이건 언제 쓰는 겁니까?"

담당 과장은 한마디도 반박하지 못했다.

"필요할 때 권한 쓰는 것도 당국의 의무에요. 가지고만 있으면 뭐 합니까? 이것저것 따져 대느라 정작 필요할 때 권한 못 쓰고 있는데."

"시간을 좀만 더 주세요. 우리도 신중히 검토하고 결정 내리겠습니다."

"언제까지요? 저흰 내일 대웅조선 기소하고 영장까지 칠 겁니다."

"아니 공정위도 너무 서두르지 마시고……."

얘기가 또 길어질 조짐을 보이자 준철이 자리를 박차고 일어났다.

"팩스 번호 잘못 찍었네. 그냥 야당 의원실로 바로 보내 버렸어야 하는 건데."

"이, 이보세요, 팀장님."

"됐어요. 이렇게 엉덩이가 무거워서 어떻게 합을 맞춥니까. 국민들 관심이 목마르면 계속 느긋하게 일하세요. 연초부터 국감 열어서 중기부 인지도 올려 드리겠습니다."

그렇게 자료를 팽개치며 나갈 때 과장이 달려 나와 옷자락을 꾹 부여잡았다.

"알겠습니다. 알겠어요! 국장님께 보고드리고 바로 연락드리겠습니다. 제발 진정하세요."

진작 이렇게 나왔어야지. 쯧쯧.

"……아무래도 진짜 송사까지 갈 모양입니다."

"송사?"

"예. 공정위의 기술유용팀까지 붙은 모양이더군요."

준철이 깽판을 치고 간 소식은 그날 바로 중기부 국장에게 올라갔다.

"알아보니 이 모든 지시가 다 위원장 지시로 이뤄졌다 합니다."

"공정위원장이?"

"예. 200톤짜리 화물선을 다 뜯어서 증거 확보해 놨다 합니다."

국장은 미간을 짚으며 담당 과장을 쏘아봤다.

"일 처리를 어떻게 했기에 이딴 망신을 당하고 있어?!"

"죄, 죄송합니다."

"그쪽에서 구체적으로 원하는 게 뭐야?"

"생산제재입니다. 현재 특허 유출로 의심받는 피스톤을 중단시키라는 건데…… 사실상 업무정지입니다."

국장의 한숨이 짙어졌다.

아무리 특허 시비가 걸렸다 해도 생산제재는 함부로 이뤄지지 않는다. 사형선고에 해당하는 행정명령 아닌가?

그럼에도 이런 극약처방을 원하는 건, 최종 배후로 노 회장이 지목되었기 때문이다.

"공정위 의견은 얼마나 일리 있는 것 같아? 그 노 회장이 연루되어 있다는 거."

"지금은 심증뿐이긴 합니다만…… 가능성이 큽니다. 이러한 정황들을 회장이 모두 모르고 있었다는 건 말이 안 됩니다."

"지금 공정위는 이 몸통 잡으려고 하는 거지?"

"예. 적당한 사장급이 뒤집어쓴다 해도 안 멈출 겁니다."

당연히 그럴 놈들이겠지.

이런 제재를 요청하는 것 자체가 미친놈들이란 방증인데.

국장은 긴 보고를 듣다 결국 대답을 내렸다.

"생산제재는 일단 보류. 대신에 그 피스톤 경쟁사라는 놈 소환해서 공정위에 보내."

"하지만 국장님……."

"특허 유출 경로는 확실히 파악해야 될 거 아니야. 원청이 다른 하청한테 특허 줬으면 그놈한테라도 자백 나와야 돼. 그럼 우리도 수사 돕는다. 공정위에 이 말 잘 전달해."

"대체 날 여기로 왜 부른 겁니까? 중소기업이 공정위 만날 일이 있어요?"

경쟁사인 박민철 사장은 예상했던 대로 숙련된 사람이 아니었다.

미세한 목소리 떨림과 초조한 눈빛이 모든 걸 말해 준다. 이 자리를 얼마나 두려워하고 있는지.

"바쁜 사람 오라 가라 하는 것도 강압수사입니다. 나도 알 만한 변호사 다 알아요. 짧게 끝냅시다."

"도둑이 제 발 저린다더니 딱 그 짝이군요."

"뭐?"

"그래도 취조실 왔으면 반성하는 척이라도 보여야 하는 거 아녜요? 우리도 지금 알 얘기 다 알고 있는데."

박민철은 표정이 잠시 굳었지만 안정을 찾았다.

대웅조선에게 이미 모든 얘기를 듣지 않았나. 공정위도 아직은 특허 유출 경로를 모른다 했다. 나만 잘하면 모든 것이 다 잘 끝날 것이라 했다.

"그리고 저희는 강압수사가 아니라, 구원의 손길을 내밀어 드린 겁니다."

"구원의 손길?"

"자칫하다간 사장님께서 독박 쓰시겠어요. 한번 읽어 보시죠."

서류를 든 경쟁사 사장은 표정 변화가 없었다.

현재 대웅조선이 모든 특허 책임을 다 자신에게 돌려 버렸는데, 저렇게나 덤덤하다니.

역시나 뒤에서 얘기는 다 끝났다는 건가?

"쯧쯧- 이놈들 또 지랄이네."

그는 무심하게 서류를 내려놓고 목소리를 키웠다.

"이게 무슨 에디슨이 전구 발명한 것도 아니고 고작 피스톤 하나 가지고."

"별로 놀랍지 않으시나 봅니다?"

"놀랄 게 뭐 있겠습니까. 최 사장이랑 우리랑 싸운 세월이 얼만데. 한양테크. 별것도 없는 특허 가지고 원청 등쳐 먹고 있었습니다."

"등쳐 먹어요?"

"네. 뭐 지 말로는 독보적인 기술력이라 하는데, 세상에 무슨 그런 게 있겠습니까. 우리 일신모터가 성능은 떨어지지만 비슷한 방식으로 피스톤 생산했습니다. 대신 가격을 절반으로 낮췄죠."

그는 여유를 찾았는지 물을 홀짝였다.

"코딱지만큼 좋은 기술력 가지고 대웅한테 바가지 씌운 셈입니다. 근데 자본주의 시장에 그게 뭐 얼마나 가겠습니까? 가격 대폭 낮추고 기술력 따라잡으니, 결국 우리한테 일감 왔습니다."

"결국 사장님께서 경쟁력에서 이겼다는 말이네요."

"네. 그때부터 오만 기관 다 찾아다니면서 하소연합디다."

그는 피식 웃었다.

"근데 참 웃기네요. 엄밀히 말하면 이거 민사사건 아닙니까? 공정위가 맡을 일도 아니고, 적임 부처는 특허청인데. 왜 사람 오라 가라 하시는 겁니까."

당연히 민사를 안 걸었겠지.

원청이 특허 기술을 알려 줘서 경쟁사가 생산을 해 버린 건데.

"헛수고 말고 그냥 손 떼세요. 우리가 특허 뺏어 갔으면 민사로 해결할 일입니다."

그 모습을 보며 준철은 확신할 수 있었다.

"대웅조선이 아주 좋은 제안을 해 줬나 보네요. 이렇게까지 폭탄을 떠안는 걸 보면."

"뭐요?"

"우리가 아는 얘기랑 많이 달라서요. 한양테크 피스톤은 독일 3사와 비교해도 지지 않을 수준입니다. 근데 박 사장님께선 어떻게 이런 생산을 떡하니 하실 수 있는 건지."

"말씀드렸잖아요. 기술력은 뒤처졌지만 가격경쟁으로 이겼다고."

"전문가들 의견은 안 그렇던데요. 메이커만 다르고 성능은 완전히 똑같다 합니다. 이건 어떻게 설명하시겠어요."

그리 말하며 준철이 서류를 내밀었다.

"저희 기술유용팀이 양사 제품 대조해 봤거든요? 근데 똑같대요. 제조 기술부터 용접 위치까지 안 똑같은 게 없대요."

"이, 이건……."

"어떻게 한양테크 피스톤과 이렇게 똑같습니까. 혹시 누가 이거 공정 방법을 가르쳐 준 거 아닙니까?"

괄괄하던 놈의 얼굴이 순식간에 일그러졌다.

수사당국은 아무것도 모른다던 대웅조선의 설명과 너무나 딴판이었다.

"대웅조선이 특허 넘겨줬잖아요. 사장님께선 그 특허 도면

전수받고 그대로 생산한 거 아닙니까."

"……아닙니다."

"그게 아니라면 이 피스톤을 어떻게 생산했는지 말씀하세요."

"우, 우리도 대외비라는 게 있잖습니까. 우리 특허는 절대 못 깝니다. 자세히 보면 성능은 저희가 뒤처져요. 모르시는 거라니까."

또 답답한 소리가 나오자 준철의 얼굴이 굳었다.

"똑같답니다."

"글쎄 그게 아니라……."

"완전히 똑같답니다."

"아니……."

"누가 가르쳐 주지 않았으면, 다른 제품이라곤 상상도 못 할 만큼 완.전.히 똑같답니다."

당연히 그럴 것이다. 대웅조선이 알려 준 기술에서 가격만 낮춰 납품을 했으니.

그의 얼굴은 이미 자백을 다 하고 있었지만, 아직 결심에 이르지 못했다.

자백하는 순간 대웅조선이 약속한 특혜는 물 건너가는 것은 물론, 하청이 원청의 죄를 자백하는 것 또한 상상 못 할 일이다.

'이런 표정이었겠군.'

준철에겐 그 모습이 어째 낯설지 않았다.

항상 죄를 대신 뒤집어쓰라 지시하는 입장이었는데, 취조실에서 이런 모습을 보니 어째 낯설지가 않았다.

남 일 같지 않아 측은지심마저 들었다.

하지만 그렇게 한참의 시간이 지났을 때.

"……착오가 있는 모양인데. 저희가 책임질 일 있으면 그쪽에 배상하겠습니다."

"배상?"

"……솔직히 이 피스톤이 무슨 혁신 같은 거창한 발명품도 아녜요. 이 업계에서 일하다 보면 기술 겹치는 거 많습니다. 아무튼 내가 법에 따르겠습니다."

잠시나마 느꼈던 연민은 온데간데없어졌고, 준철은 그를 하염없이 노려보기만 했다.

답답한 인간 같으니라고.

화무십일홍, 권불십년이라 했거늘. 왜 자신이 받는 특혜가 영원하다고 믿는 것일까.

준철은 한숨을 내쉬다 뜬금없는 얘기를 꺼냈다.

"사장님. 혹시 왕자의 난이라고 아십니까?"

"……?"

"이방원이 왕자의 난을 일으킬 때 그랬죠. 형을 왕위에 등극시키고, 자기는 왕세제가 된다. 근데 그게 형을 위해서였겠습니까?"

"갑자기 웬 뜬구름 잡는 얘기를……."

"다음인 자신을 위해서였죠. 결국 2년 뒤에는 이방원이 왕에 앉았습니다."

그리 운을 떼자 놈의 안색이 순식간에 굳어졌다.

태생이 기회주의자라 그런지 이해력은 빠른 모양이다.

"이 피스톤 특허는 결국 자기 주인에게 돌아갈 겁니다. 상식적으로 이 알짜배기 특허를 계속 하청에게 맡기겠어요?"

"……."

"전당포처럼 잠시 맡아 뒀다가 다시 돌려줘야 해요. 그럼 단물 빠진 사장님은 누가 거들어 주겠습니까."

생산방식의 이원화.

이게 곧 삼(?)원화, 사원화가 될 것이고, 최종적으론 대웅조선에서 특허를 가져갈 것이다.

이 모두 정체불명의 대화로 확인한 내용이었고, 설사 그게 아니더라도 경험적으로 알 수 있는 얘기다.

"솔직히 사장님도 찝찝하시잖아요. 조강지처 버린 놈들이 첩이라곤 못 버릴까."

모욕적인 말은 이미 귀엔 들리지도 않았다.

다음 상대가 자신이란 것은 아무도 부정할 수 없었다.

"그러니 기회 드리는 겁니다. 대웅조선에서 특허 도면 다 넘기고 생산방식 가르쳐 줬다. 이거 인정하세요. 그렇게 해 주시면 특허 도용에 관한 책임은 묻지 않겠습니다."

"……."

"근데 진실을 말하지 않으면 별수 있나요? 원청이랑 공범 되는 거지. 아마 그때쯤 되면 대웅조선도 사장님을 헌신짝처럼 버릴 겁니다."

일신모터 박 사장은 후들후들 다리가 떨렸다.

지금도 대웅조선은 자기가 희생해 주길 바라고 있다. 헌신짝이란 말이 이토록 와닿을 수 없었다.

기술유용팀 박 팀장은 표정 관리가 안 됐다.

"특허 유출 경로를 다 파악했다고?"

"네. 일신모터에서 자백 나왔습니다. 대웅조선에서 넘겨줬다는 거 모두 담겨 있어요."

입이 다물어지지 않는다.

최소 1년 이상은 싸울 만한 스케일인데, 하청의 배신으로 모든 정황이 다 나오지 않았나.

"특허 유출시킨 놈은 누구야?"

"유지석 과장이라고 무슨 생산부 담당자랍니다. 이놈이 피스톤 특허 열람하고, 그대로 일신모터에 넘겼습니다."

"꼭두각시들 말고. 진짜 배후 세력은?"

"일단 그쪽 사장급 이름들이 거론되고 있습니다. 노 회장은 아직요. 근데 분위기 봐선 이것도 시간문제지 싶습니다."

대웅조선은 지금부터 꼬리 자르기에 들어갈 거다. 구색 갖춰서 적당한 사장급 하나 내세우겠지.

하지만 그러기엔 꼬리가 너무 길게 잡혔다.

"이제 겨우 피스톤 하나 밝혀낸 겁니다. 종합팀은 이미 거론된 특허들 전부 조사하기 시작했습니다. 아마 관련자들 무더기로 소환할 겁니다."

이 모든 정황을 회장이 몰랐다는 건 말이 되지 않는다.

서류를 꼼꼼히 확인한 박 팀장이 바로 말을 이었다.

"그…… 지금까지 문제 됐단 거 있잖아. 우리도 다시 한번 검토하자고."

박 팀장이 빠른 태세 전환을 보일 때, 골머리를 앓고 있는 곳도 있었다.

"진술까지 나와 버렸다?"

"예. 피스톤은 빼도 박도 못 합니다."

중기부 국장은 복잡한 한숨을 쉬며 턱을 쓰다듬었다.

이런 사건에 중재안 4천만 원을 냈다니. 뒷감당을 어찌해야 한단 말인가.

문제는 공정위의 수사가 여기서 그치지 않을 거란 거다. 배 한 척을 다 분해해 봤고, 현재까지 문제 된 모든 특허를 다 조사하고 있는 중이다.

"일단은 중재안부터 철회해야겠네."

그는 서류를 덮고 말했다.

"의견들 말해 봐. 생산제재까지 내려야 할 사안 같아?"

"국장님 저…… 그래도 좀 신중한 게 어떨까 싶은데."

"신중?"

"사안이 이쯤 됐으니 대웅조선도 분명히 반응을 보일 겁니다. 그쪽 대답을 먼저 들어 보는 게 어떨까요. 수사에 협조한다면 굳이 생산제재까진 필요 없을 것 같습니다."

특허 분쟁으로 인한 생산제재.

지금까지 단 한 번도 쓴 적이 없는 권한이다. 나쁜 놈들이 없어서 안 썼던 게 아니다. 거대기업 하나를 식물인간으로 만들면 그 파장이 업계 전체에 미치기 때문이다.

"알다시피 대웅조선은 하청만 수십 곳입니다. 저희 생산제재가 이들에겐 간접 처벌이 될 수도 있습니다."

"손 과장. 그건 전형적인 대마불사 논리 아니야?"

"……예?"

"대기업 치면 그 피해는 전 하청사에게 간다. 그러니까 항상 적당히 때려야 한다, 이게 그 논리 아니냐고."

"국장님 그게 아니라……."

"나도 다른 하청사들 신경 쓰여. 근데 이건 아니지. 하청 특허 뺏어 간 사건인데, 다른 하청사 걱정해 준다는 게 우습잖아?"

"그, 그건 그렇습니다."

“그리고 우린 원죄가 너무 크다. 세상에 이런 일을 중재안 4천으로 끝내려 했다니.”

부끄러운 지적이 나오자 과장들은 얼굴을 들지 못했다.

국장은 그 모습을 바라보며 서류를 덮었다.

더 이상 길게 시간 끌 거 없다. 지금이라도 공정위 수사 돕지 않으면 불똥이 어떻게 튈지 모른다.

“중재안 당장 철회하고, 생산제재 검토한다고 통보해. 우린 대기하고 있다 공정위가 내려 달라 하면 당장에 제재시킨다.”

질 끝판왕 사망
한명그룹
김성균 본부
합의 시도

[주가 공시 - 공정위, 대웅조선 고발]

[하청 업체의 특허 갈취]

공정위의 기소로 대웅조선 사건이 언론을 탔다.

사장급부터 실무 과장까지 12명.

준철은 거론되는 이름뿐 아니라 스쳐 지나간 이름도 모조리 입건시켰다.

특허 분쟁으로 원청 임원들이 기소된 건 전무후무한 기록이었다.

"반장님. 하는 김에 영장도 신청해 주세요."

"예? 신원 확실하고 도주의 우려도 없어서 영장까진 안 나올 텐데요."

"압니다. 망신 주려고 하는 거예요."

그런 말을 대놓고 하는 팀장도 얼마 없을 거다.

"아주 이를 가셨군요."

"한번 할 때 제대로 해야죠."

"알겠습니다. 그럼 기소된 임원들 취조는 언제?"

"꼭두각시들 만나서 뭐 하겠어요. '그놈' 나타나기 전까진 아무도 안 만날 겁니다."

그놈은 노현석 회장을 뜻하는 말이다. 이 명단에 반드시 포함되어야 할 놈이 아직 안 나타나지 않나.

다소 무리하게 영장 치는 것도 자진 출두하란 압박 카드다.

"그럼 좀 요란 떨면서 하는 게 좋겠군요."

"네. 영장 명단 언론 쓱 흘려주면 알아서 타오를 겁니다."

"최선을 다해 보겠습니다."

준철은 떠나가는 김 반장을 보며 펜을 꽉 쥐었다.

저녁 9시 첫 뉴스. 그 정도면 호랑이가 굴에서 나올까?

영장 명단이 구체화되자 언론사들 분위기도 달라졌다.

단순히 주가 몇 프로가 오르고 내리는 문제가 아니다. 공정위가 200톤짜리 선박을 다 분해한 초유의 수사 아닌가?

거듭되는 후속 보도로 여론 반응이 타올랐다.

관련 사건이 점점 신문 앞면으로 배치되더니, 기어코 헤드라인까지 장식하게 되었다.

[속보- 중기부, 중재안 철회]

[피스톤 생산제재 시사]

이 소식을 접한 주가 게시판은 완전히 지옥도로 변했다.

–이 미친놈들이!

–주가가 20%나 대폭락했는데, 생산제재?!

–이거 사실상 업장 폐쇄 아니냐?

분위기가 심상치 않았다.

시작은 피스톤이었지만 뉴스가 계속될수록 별의별 특허들이 다 등장했다. 용접공들의 시공 방법부터 갑판에 다는 조명등까지 안 뺏어 간 특허가 없었다.

–배 한 척은 대체 언제 분해한 거야?

–수사 진도가 이런데 우리한텐 이제야 공시가 나와?

–딱 봐도 일 커질까 봐 쉬쉬한 거.

–중기부 생산제재 언제부터인가요?

–아직 검토 중이면 중도에 취소될 수도 있다는 건가요……?

–피응신 ㅋㅋ 검토 중이란 기사 나오면 이미 다 결정 났다는 거. 난 24층에서 던졌다^^

–중기부 생산제재 막을 수 없나요?

–대체 뭣 땜에 생산제재까지 내리는 겁니까? 수사도 좋지만 주주들 권익도…….

쾅!

그 해답을 가장 잘 알고 있는 이가 책상을 내리찍었다.

"내가 출두할 때까지 이 지랄을 한다?"

임원들은 한마디도 뗄 수 없었다. 주가가 최고점에서 20%나 떨어지지 않았나.

관련자들이 무더기로 기소 처리됐지만, 공정위는 수사를 여기서 그칠 마음이 없어 보인다.

"대답들 해 봐. 맞아?"

"……예, 중기부에서 생산제재 언급하는 건 사실상 이미 결정 났다는 겁니다. 아마 회장님이 출두하지 않으면 정말 제재가 떨어질 겁니다."

20% 폭락도 바닥이 아니다. 생산제재가 떨어지면 주가가 지옥행 급행열차를 타게 된다.

임원들의 은근한 목소리로 말하자 노 회장이 바로 호통을 쳤다.

"그럼 대책을 내놔 봐! 내가 진짜로 휠체어 타고 검찰까지 가야겠어?"

"그러기엔…… 너무 꼬리가 많이 밟혔습니다. 일신모터가 저희 지시로 피스톤 생산을 했다는 걸 다 진술했습니다."

"거기에 내 이름 안 나왔잖아. 우리 대타 선수들은?"

"김 사장이 최대한 덮어쓰려 합니다만…… 녹록지 않습니다. 지금까지 뺏어 온 특허가 전부 다 드러났어요. 이 사안을 지금까지 회장이 모르지 않았을 거란 게, 공정위 입장입니다."

오늘 임원 회의실은 절반이나 비어 있었다.

공정위가 무더기로 기소를 날려 모두 검찰로 가 있다. 하지만 공정위는 여기에 만족하지 않고 영장까지 신청해 버렸다.

자칫하면 12인방이 구치소 신세가 될 판.

회의가 계속될수록 임원들의 마음이 조급해졌다.

이쯤 하면 회장님의 결단이 나와야 하는데 회의가 답 없이 길어지기만 했다.

"하아……."

임원들 모두 '그 대답'만 기다리고 있었지만, 노 회장은 그 기대를 무참히 짓밟았다.

"김 전무. 그럼 합의해."

"……예?"

"특허 뺏어 온 거 합의해 버리란 말이야. 이 상황에서 최 사장하고 우리랑 합의해 버리면 생산제재 명분 없어지잖아."

"그야 그렇습니다만."

"돈 걱정은 말고 그냥 원하는 대로 다 줘. 나머지 문제는 나중에 생각한다."

노 회장 머릿속에는 한 가지 생각밖에 없었다.

임원들이 싹 다 구속되어도 된다. 사람이야 다시 뽑으면 그만이다. 하지만 자신이 검찰에 출석하는 건 상상도 할 수 없는 일이었다.

"오랜만이야 최 사장. 별일 없었지?"

한양테크 최 사장은 태연히 웃는 저 얼굴에 주먹을 꽂아 버리고 싶었다.

저걸 안부랍시고 묻는가? 전 언론사가 대웅조선의 특허 도용을 대서특필하고 있는데.

"덕분에 잘 지내고 있습니다. 대웅조선엔 별일 없습니까?"

"우리야 별일 있으면 안 되지. 이것저것 할 애기가 많아서 따로 자리 마련했네."

"참 상황 우습게 돌아갑니다. 내가 만나 달라 할 땐 당신들

그림자도 구경하기 힘들었는데."

"최 사장, 감정이 좋을 리 없겠지만 우리 앞일만 생각하세. 솔직히 계속 싸워 봤자 서로 득 볼 거 없잖아."

김 전무는 진땀을 흘리며 그의 비위를 맞췄다.

최 사장에겐 참으로 격세지감이었다. 대웅조선의 임원들은 그림자도 함부로 못 밟았었는데.

"긴말 않겠네. 우리 대웅조선이 그간 특허를 너무 안일하게 생각했어. 한양테크가 가진 기술력도 좋고, 가격도 글로벌 시장에 비하면 저렴하고……."

"나 그렇게 길게 말하면 잘 못 알아듣습니다."

"……합의해 주게."

"합의?"

"특허 열람해서 일신모터에 넘긴 건 김 사장이야. 염치도 없는 짓이었지. 사직서는 이미 받았고, 우리도 검찰에 가서 모든 걸 다 밝히겠네. 미안하단 말은 꼭 자네 얼굴 보며 하고 싶었어."

김 전무는 비장한 얼굴로 서류를 내밀었다.

"물론 입으로만 사과할 생각 없네. 이거 백지수표야. 원하는 보상액 적어 주면 회사에서 적극 검토할게."

최 사장은 심드렁한 얼굴로 서류를 봤다.

그러나 그 서류는 읽어 보나 마나였다.

"왜 말이랑 서류랑 달라요."

"……응?"

"나한텐 백지수표라 말했는데, 왜 여기 떡하니 '합의서'라고 나와 있냐고요."

"최 사장 우리 어차피 서로 사정 다 알지 않나. 이건……."

"사정 다 아는 놈한테 감히 합의서를 가져와? 이 염치도 없는 새끼들아!"

무릎 꿇고 빌어도 모자랄 판에 이딴 태도라니!

심지어 저 거만한 태도는 사과도 아니다. 백지수표 운운한 것 자체가 돈 먹고 떨어지란 뜻이다.

"생산제재 떨어질 것 같으니까 나한테 합의해 달라는 거 아니야?! 그것만 막으면 일단 시간은 벌 수 있으니까."

"오해하지 말게. 우린 진심으로 이 문제에 대해 사죄하러 왔어."

"그럼 그놈 새끼가 내 앞에서 사과를 해야지, 왜 꼭두각시가 왔어?"

"……뭐?"

"이것들이 아직도 날 핫바지로 보고 있네. 노현석 회장! 왜 그 능구렁이 영감탱이가 이 자리에 안 왔냐고."

"회, 회장님은 이 문제와 직접 관련이 없네. 총책임자인 내가 직접 와서 사과하지 않나."

기가 차서 웃음도 안 나온다.

"노현석 회장은 이 사안과 관련이 없다?"

“…… ”

“공정위는 이 모든 결정이 회장 지시 없이 이뤄질 수 없다 했어. 그리고 나 같은 피해자가 벌써 8명이나 되던데? 네들 상습범이잖아. 하청들 특허 밥 먹듯 뺏어 갔잖아. 정말 이 모든 짓을 회장 지시 없이 했다는 거야?”

김 전무는 사색이 됐다.

예상 못 한 대화는 아니었지만 회장님 이름까지 들먹일 줄이야.

하지만 그는 곧 이성을 찾고 담담히 말했다.

“그래서 백지수표 가져온 게 아니겠나. 원하는 금액 써. 감당할 수 있는 선 안에서 우린 최대한 성의 표시 할 거야.”

“사과는 타이밍이 중요한 법이지. 늦었어. 그거 걷어찬 건 네들이고.”

“냉정히 말해 이건 자네를 위한 일이기도 해. 아니면 우리랑 정말 재판까지 갈 거야? 간다 해도 자네가 원하는 액수는 못 받아. 지금 이 백지수표가 최대치라고.”

그건 그의 말이 맞았다.

지금 이 합의서에 사인만 해 주면 얼마든 값을 지불할 용의가 있었다. 형사처벌과 생산제재만 피할 수 있다면 100억도 기꺼이 지불할 수 있다.

“이성적으로 생각해야지. 우리 형사처벌받는 거 자네 분풀이밖에 더 되겠어?”

아무리 원통한 하청이라도 이걸 거절하긴 힘들다.

애초에 이 싸움을 하는 것도 근본적으로 돈 때문 아닌가?

"현명하게 선택함세. 자네가 여기 100억 적으면 그 돈도 지불할 생각 있어."

최 사장은 그 서류를 유심히 보더니 긴 생각에 잠겼다.

'넘어왔구먼.'

그 모습을 바라보는 김 전무의 생각이었다.

역시나 하청은 자본 논리를 이길 수가 없지. 처음만 해도 죽일 듯 달려들었던 놈이 잠잠해졌다. 일단 생산제재만 막으면 다른 일은 나중에 계책을 만들어 내 보리라.

"100억이라…… 그 돈 1년 안으로 마련할 수 있수?"

"물론이지! 회장님이 사비를 출현해서라도 마련할 거야. 제발 공정위에 수사만 취하해 주게."

"그건 난 모르겠고. 준비할 수 있다면 꼭 이번 년 안에 준비해 놓으쇼."

"……아니 합의를 해 줘야 우리가 돈을 주지."

"그게 왜 합의금이야? 난 그 돈 민사로 받아 낼 건데."

"뭐, 뭐?"

북북!

최 사장은 합의서를 찢어 버리며 자리에서 일어났다.

"내가 중도 취하하면 당신들 형사 책임까지 없어지는데, 내가 왜?"

"이, 이 사람아!"

"설사 100억의 반만 가져가더라도 난 절대 취하 안 해. 콩밥 먹을 놈은 먹고, 이걸 직접 지시한 당사자도 개망신 한번 당해 봐야지."

"최 사장!"

"악다구니 쓰지 말고 네들 회장한테 잘 전달해. 공정위는 이미 최종 지시선 파악했다고. 나만 중도 취하 안 하면 끝까지 해 준다 했어. 법정에서 보자고."

백지수표를 찢으며 나왔지만 최 사장 마음은 더없이 홀가분하기만 했다.

대웅조선 놈들에게 이렇게나 통쾌하게 호통쳐 본 적이 있던가?

흥분이 가라앉자 손발이 떨려 올 정도였다.

그 얘기는 고스란히 준철의 귀로 들어왔다.

"그놈들이 얼마나 악랄한 줄 아세요? 특허 분쟁 제기하니까 사람 하나를 아주 정신병자로 만들었어요. 피해망상에 찌든 놈이라고."

그의 목소리가 미세하게 떨렸다.

아직 여운이 가시지 않는 모양이다.

"그렇게 2년 동안 싸웠는데 이제 와 백지수표 던지더군요. 100억을 준다나 뭐라나. 보란 듯이 앞에서 찢어 버렸습니다.

그 표정을 팀장님도 봤어야 하는데."

최 사장은 찢어 버린 합의서를 전리품처럼 간직하고 있었다.

이게 어딜 봐서 합의서인가. 돈 먹고 떨어지란 뜻이지.

"고생 많으셨습니다. 그래도 그렇게 하기가 쉽지 않았을 텐데."

"큰소리치니까 속 좀 풀리네요."

"그럼 대웅조선과 합의할 의향은 아예 없으십니까?"

조심히 묻자 그가 깊은 한숨을 내쉬었다.

"사실 그 문제를 논의드리고 싶어 찾아뵀습니다. 변호사와 상의해 보니 이게 진짜 백지수표긴 하더군요."

"합의금 100억이요?"

"네. 민사로 가도 이 정도 배상은 불가능할 거라 하더군요."

굳은 그의 얼굴이 모든 걸 말해 줬다. 변호사가 열렬히 만류했다는 걸.

사실 그건 변호사의 조언이 맞았다.

대기업에서 이런 액수를 들고 왔으면 당연히 합의를 해야지. 재판은 길어질 게 뻔하고, 배상은 이거보다 훨씬 안 나올 거다.

"근데 제가 합의를 해 버리면 모두 없던 일이 된다 하더군요."

준철은 길게 뜸 들이다 입을 열었다.

"그건 맞습니다. 사장님께서 합의해 버리시면 전부 없던 일이 돼요."

"아예 처벌도 불가능한 겁니까? 그래도 형사책임 같은 건……."

"물론 조금 남아 있죠. 근데 특허 도용은 폭력보다 사기죄에 가까워요. 당사자끼리 합의해 버리면 처벌할 근거가 완전히 없어집니다."

큰소리 떵떵 쳐 본 후련함은 잠깐이었다.

100억짜리 수표를 만져 본 촉감이 아직 그에 손에서 가시지 않았다.

사실 이 모든 문제의 근원은 특허'비'. 결국 돈 아니었는가?

괘씸한 거 한 번 참으면, 상상도 못 할 돈을 받을 수 있다.

"아마 그 100억에는 많은 요소가 포함되어 있을 겁니다."

"……."

"임원들 안전하게 빼낼 수 있는 구조비, 회장님이 검찰에 출석 안 해도 되는 품위유지비, 그리고 특허비. 아마 그걸 다 계산해서 견적이 나왔을 겁니다."

100억도 하청 사장에게나 크지, 대웅조선에겐 싼 돈이다.

생산제재로 업장이 정지되면 누적 손해가 얼만데. 200억을 써서라도 이 급한 불을 끄고 싶을 것이다.

"전 어떤 결정을 내리시든 사장님 의견을 존중합니다. 힘든 싸움을 오래해 오셨잖아요. 민사로 가게 되면 더 힘든 싸움을 하셔야 할 겁니다."

그리 말하자 두 사람 사이에 긴 침묵이 흘렀다.

준철은 최대한 의식하지 않으며 시선을 돌렸다.

여기서 취하한다 해도 그의 선택을 비난할 생각 없다. 좋든 싫든 현실적으로 선택할 문제도 있는 것이겠지.

도리어 그가 합의했으면 하는 바람도 있었다.

과징금이야 어차피 국가에 귀속되는 돈 아닌가?

이번 일로 정신병자 취급까지 당했다던 그의 심정을 생각하면, 그냥 한 푼이라도 더 받아 갔으면 하는 마음이었다.

그렇게 한참의 시간이 지났을 때.

"그럼……."

이윽고 그가 말했다.

"돈 덜 받는 대신에 물 한 번 제대로 맥이죠."

"예?"

"몇억 더 받는다고 내 억울함이 풀리는 것도 아니고. 난 합의 안 할랍니다."

"……정말 괜찮으시겠어요?"

"민사로 받아 낼 거라고 큰소리 떵떵 쳤는데, 다시 꼬리 내리기 쪽팔립니다. 아니, 나 다시는 그놈들하고 웃는 얼굴로 얘기 못 해요."

예상치 못한 대답에 준철이 더 당황했다.

돈 100억을 포기하는 게 어디 쉬운 일인가? 하지만 때론 분노가 눈앞에 있는 돈도 이기는 모양이다.

"그리고 이놈들 상습범이라면서요? 나처럼 특허 뺏긴 사장들이 수두룩하지 않습니까? 나 그거 몇 푼 챙기자고 포기 못 합니다. 강력 처벌해 주십쇼."

그의 단호한 얼굴은 이미 결심이 섰음을 말해 주었다. 아마 더 큰 금액을 제시해도 중간에 합의는 없을 것이다.

"그럼…… 수사는 계속 진행하겠습니다."

"감사합니다, 팀장님."

"제가 더 감사하죠. 배 한 척 다 뜯어 봤는데, 수고가 헛되지 않을 것 같습니다. 감사합니다."

그렇게 자리로 돌아온 준철은 고심에 잠겼다.

대타 선수들이 완벽한 증거를 자백해 버리면 사안은 여기서 끝나게 된다. 이 모든 일이 회장 지시 없이 이뤄질 수 없다, 같은 말은 법정에서 무의미하다.

판결은 철저하게 서류와 증거들로 이뤄진다. 핵심 배후를 놓칠 수밖에 없다는 얘기다.

"무슨 얘기 나누셨습니까, 팀장님."

김 반장이 물어 오자 준철이 사정에 대해 설명했다.

100억짜리 수표를 거절했단 대목에선 그도 놀란 기색이었다.

"아이고…… 이놈들 이거 한 번에 안 끝날 텐데. 다음에는 200억 들고 찾아갈 겁니다."

"그러게요. 저희 생각이 틀렸네요."

"예?"

"시간 주니까 엄한 짓 하고 있잖아요. 출두하라는 노 회장은 그림자도 안 보이고."

"아……."

"생각보다 고집 센 영감이네요. 이젠 결단을 내려야겠습니다."

그리 말하며 서류를 내밀었다.

"대웅조선에 연락 한번 해 주세요. 우리가 호랑이 굴로 찾아간다고. 그리고 중기부에도 말해 주세요. 생산제재 즉각 내려야 할 것 같네요."

[속보 - 중기부 생산제재 명령]

[오늘부터 피스톤 생산 전면 제재]

이미 대기하고 있던 터라 중기부의 생산제재는 즉각 이뤄졌다.

해당 사실은 모두 주가 공시를 통해 발표되었고, 대웅조선의 피스톤 생산이 막혔다.

핵심 부품이 생산 제재를 당했으니, 다른 라인이라고 남아날 리 없다.

"아니 피스톤 안 넘어오면 용접도 못 하는데."

"용접 못 하면 외장 공사도 못 하는데."

전 생산 라인에 빨간불이 켜졌고, 대웅조선 주가는 바닥을 모르고 추락하기 시작했다.

이 모든 과정이 시계태엽 맞물리듯 착착 맞아떨어졌지만, 중기부의 심정은 조금 달랐다.

"뭐 요청해서 내리긴 했는데…… 솔직히 장기전으로 가는 건 저희도 꺼림칙합니다. 생산제재가 2주 이상 지속된 적은 없어요."

"걱정 마십쇼. 몸통만 밝혀내면 저희도 제재 연장 안 할 겁니다."

"그 몸통이 노현석 회장인 거죠?"

"네."

"이제껏 꿈쩍 않는 거 보면 그 양반도 참 인물이긴 합니다."

보통 인물이랴.

주저하는 임원들을 닦달해 가며 하청들의 특허를 다 빼어 온 인물인데.

정체불명의 두통으로 그 대화를 확인하지 않았더라면, 준철도 이쯤에서 마무리했을 것이다.

하지만 보고도 모른 척할 순 없었다. 여기엔 개인적 죄책감도 작용했다.

결자해지.

노현석 회장에게만 해당되는 말이 아니다. 과거에 하청들 특허를 밥 먹듯 뺏어 온 게 누군데. 김성균을 단죄하는 일이기도 하지.

"도착했습니다."

준철은 중기부 관계자들까지 이끌고 호랑이 굴로 향했다.

로비 앞에선 전운이 감돌았다.

경호실 직원들과 프론트 담당관들이 한껏 폼을 잡고 입구를 막아서고 있었다.

"난 두 번 말하는 거 싫어해요. 우리 몸에 손끝 하나라도 건드리면 영장 받아 올 거예요."

초장부터 기를 죽여 놓자 다들 쩔쩔매기 바빴다.

회사 돌아가는 꼴을 이미 알고 있지 않은가.

"알아들었으면 길 트세요. 노현석 회장 위에 있죠?"

그렇게 모세가 홍해를 가르듯 길이 생겼고 수사팀은 단번에 엘리베이터로 갔다.

로얄층(임직원) 전용 엘리베이터를 타고 그 꼭대기에 이르니 기대하고 바라던 얼굴을 겨우 볼 수 있었다.

“대관절 와야 될 사람이 왜 이렇게 안 옵니까.”

준철은 노 회장을 힐끗 살피며 소파에 앉았다.

“이게 무슨 짓이요!”

노 회장은 우르르 몰려온 수사팀을 보더니 호통을 쳐 댔다.

“누구 맘대로 앉아? 여기가 당신네 안방이야?”

“그럼 피스톤 특허는 당신네 일기장이야? 왜 남의 특허 열람하고 경쟁 하청사에 넘겼어?”

“뭐라고? 당신 지금 나한테 뭐라고 했어.”

“그러는 당신은 나한테 뭐라고 했는데.”

“……이, 이.”

“서로 기 싸움 그만하고 본론만 말합시다. 얼굴 오래 봐서 좋은 사이도 아니잖아요?”

준철은 방긋방긋 웃으며 서류를 내밀었다.

노 회장은 긴 한숨을 쉬다 자리에 앉았다.

하지만 그 서류를 다 읽었을 땐 자리에서 다시 펄쩍 뛰었다.

“소환 대상에 왜 내가 있습니까?”

“본인이 하셨으니까요.”

“우리 임원들이 이미 다 진술하고 있지 않습니까. 이건 내가 모르는 일이었소.”

"노 회장님. 어디 무슨 바지사장이십니까?"

"뭐?"

"임원들이 이 짓거리를 해 놨는데, 이걸 어떻게 몰라요. 진짜로 몰랐다면 그 자체로 해임 사유야 당신."

"이, 이……."

"왜 자꾸 안 되는 걸 뒤집어씌워요? 우리가 배 한 척을 다 뜯어 본 사람들인데, 이걸 적당히 넘어갈 거 같았습니까?"

준철도 자리를 박차고 일어났다.

"정 그렇게 억울하시면 어디 임원 회의록이라도 좀 열람합시다. 회사 중대 결정은 다 회의록으로 보관하고 있는 거 알아요. 뒤에서 재밌는 얘기 많이 오갔을 것 같은데. 한번 봅시다."

"그, 그건 안 됩니다."

"왜 안 되죠?"

거기에 노 회장의 지시가 적나라하게 나와 있으니까.

"뭐 그거 하나 뺏자면 방법이 없겠습니까. 근데 나중에 오면 파기해 버릴 거죠?"

"……."

"그러지 말고 좋게 갑시다. 이럴수록 생산제재만 길어져요."

생산제재라는 말에 노 회장이 한숨을 쉬었다. 이미 건너지 않아야 할 강을 건너지 않았나.

늙은 그의 머리론 이젠 정말 방법이 없었다.

"……내가 어떻게 하면 되겠습니까?"

"자백하셔야죠. 본인이 지시했다는 거."

"알겠습니다. 관리자들 통솔 못 한 내 잘못도 있습니다."

"자꾸 말 돌리실 거예요?"

"……내가 했습니다. 하청들 특허 뺏어 오라 지시한 게 나요."

준철은 씩 웃으며 그를 바라봤다.

"좋아요. 이젠 그 얘기를 검찰에 와서 직접 해 주시면 됩니다."

"……네? 아니 검찰은."

"자진 출두하셔서 입장 밝히셔야죠. 날짜 먼저 주세요. 기자들 많이 대기하고 있을 겁니다."

"하아……."

그가 한숨을 내쉬었다.

횡령, 비자금으로 검찰 문지방은 숱하게 들락거렸지만. 하청들 특허 도용으로 출석하는 건 처음이다.

아니, 이건 업계에서도 처음 있는 일이었다.

"휠체어를 타고 오든 자전거를 타고 오든 상관 안 하겠습니다. 근데 회장님이 직접 오는 만큼 명백한 도용 인정과 사과는 해야 할 거예요."

"……."

"그럼 저희도 회사 사정을 고려해 생산제재 풀어 드리죠. 단 이 제안은 유통기한이 이틀입니다. 그 안에 자진 출석 안 하면 생산제재가 한 번 더 연장될 거예요."

공정거래 위원회

질 끝판왕 사망
한명그룹
김성균 본부
다자대면

-다음 소식입니다. 하청 업체의 특허를 도용했다는 의혹을 받고 있는 대웅조선. 공정위는 영장까지 신청하며 고강도 조사를 이어 갔는데요. 생산제재 사흘째인 오늘, 노현석 회장이 검찰에 자진 출두했습니다.

검찰청 출입구는 오스카 시상식처럼 플래시가 번쩍였다.

노 회장은 그 기막힌 광경을 보며 오만 인상을 찌푸렸다.

소환장이 날아온 게 아니라 자진 출두다. 기자들이 냄새를 맡고 장사진을 쳤다는 건 누가 정보를 흘렸단 것이겠지.

하지만 다 필요 없는 일이다.

생산제재까지 떨어진 마당에 망신살은 이미 피할 수 없었다.

—한 말씀만 해 주십쇼! 대웅조선이 하청의 특허를 탈취한 게 사실입니까?

—현재 관련 혐의가 8건을 넘는데 입장이 어떠십니까?

—이 모든 일이 회장의 결정 없이 이뤄질 수 있는 겁니까.

기자들은 참으로 의외라 생각했다. 휠체어 타고 등장할 줄 알았던 노인네가 덤덤한 얼굴로 차에서 내리지 않나?

노 회장은 의연한 얼굴로 포토 라인에 섰다.

"검찰 수사에서 모든 걸 소명드리겠습니다. 물의를 일으켜 대단히 죄송합니다."

—현재 생산제재로 인해 개인 투자자들의 피해가 극심합니다.

"실례합니다."

노 회장이 자기 할 말만 하고 떠나자 불평이 쏟아져 나왔다.

"뭐야 이건? 저 노인네 오늘 자백하러 온 거 아니야?"

"모가지가 빳빳한 게 뭐 대응책이라도 있나 본데?"

동정심 자극하는 그림을 원했는데, 이건 예상과 너무 딴판이다.

중기부가 생산제재까지 내렸으면 사실상 파국이나 다름없는데, 노인네 얼굴은 너무 여유롭다.

"혹시 공정위가 번지수 잘못 찾을 거 아니야?"

"노 회장이 연루되어 있다면 저렇게까지 당당하진 못할 텐데."

"일단 기다려 보자고. 당당하게 들어갔다가 머리 조아리면서 나오는 놈도 많으니까."

기자들은 성화를 부리면서도 카메라를 치우지 않았다.

수사의 성패는 소환자의 퇴장할 때 얼굴을 보면 안다.

당당하게 들어간 놈이 침통한 얼굴로 나오면 그때 모든 진실을 말해 줄 것이다.

10년 만에 출석한 검찰 취조실.

깔끔하게 재단장을 한 것 같은데 특유의 곰팡이 냄새는 여전하다. 이런 비좁고 음습한 분위기야 익숙하다만, 노 회장이 진짜 참을 수 없는 건 바로 이 기다림이었다.

"괜히 우리 길들이려고 저리 오래 끄나 보네요. 조금만 기다려 보시죠."

옆에 앉은 변호사 두 명이 노 회장에게 그리 말했다.

하지만 그 조금은 한 시간이 되었고, 곧 세 시간이 되었다.

참다못한 변호사가 자리를 박차고 일어날 때, 기다리던 취조실의 문이 열렸다.

"출석한 지가 언젠데 지금이 몇 시요?!"

"실례했습니다. 밀린 업무가 많아서."

"자진 출두하라 해 놓고 이러는 경우는 처음입니다. 우리도 회장님이 직접 왔는데, 스케줄 생각해 줘야 하는 거 아닙니까?"

"그래서 최대한 해 주려고 했는데, 걷어찬 건 당신들이잖아요."

"뭐?"

"오늘 노현석 씨 자백하러 온 거 아니냐고요. 난 최소한 사과 성명 나올 줄 알았습니다. 근데 또 뒤에서 무슨 꿍꿍이를 꾸몄기에 그렇게 당당하게 출석했습니까?"

어느 정도 예상은 하고 있었다.

노 회장이 직접 출석해도 뭔가 꿍꿍이를 가지고 있을 거란 걸.

그래서 직접 가서 담판까지 벌인 거였는데, 출석 당일 이런 뻔뻔한 태도를 보일 줄이야.

"뭐 설마 부분적 인정입니까? 모든 혐의에 대해 인정할 순 없지만, 몇 가지 작은 건 인정하겠다?"

"이 사람이 진짜."

"정 변호사, 그만해."

노 회장이 입을 열자 준철은 그에게 서류를 넘겼다.

"영감님. 어차피 우리 딱 한마디 듣자고 이 짓 하는 거 아닙니까. 그 한마디 하세요. 지금까지 있었던 특허 도용, 모두 다 내 지시였다고."

"모두……라는 것은 인정 못 하겠군요. 내가 몰랐던 사건도 많았소.”

그럼 그렇지.

그 와중에 살아 보겠다고 범죄를 축소하겠단다.

“이 방대한 증거들을 보고도 본인이 모두 지시 안 했다는 거예요?”

“네.”

“그렇게 빼팅기면 생산제재만 더 길어지는 거 아실 텐데.”

“당국이 그걸 가지고 기업들 협박하는 게 문제인 거죠. 아무리 그래도 내가 안 한 건 안 한 겁니다.”

“좋습니다. 그리 나오실 줄 알고 오늘 초대 손님을 좀 모셨습니다.”

초대 손님?

세 사람의 얼굴이 구겨질 틈 없이 준철이 바깥에 소리쳤다.

“들어와 주세요!”

그렇게 여덟 명의 사내들이 들어왔을 때, 노 회장 얼굴은 완전히 굳어 버렸다.

“처음 뵙겠습니다, 노 회장님. 한양테크 최 사장이요.”

“영신의 김 사장입니다.”

“우영전선의 박 사장이에요.”

“PS조명의 김대석이요.”

아무 접점이 없는 이 사람들이 어떤 인물인지, 노 회장은 누구보다 잘 알고 있었다.

바로 대웅조선에서 빼어 간 특허들의 주인들 아닌가.

"다들 아시는 것 같으니 따로 소개는 필요 없겠군요. 피스톤 특허부터 얘기해 봅시다. 이거 누가 지시했습니까?"

"이, 이게 무슨 짓이요."

"대답 안 하시면 여기 계신 분들에게 먼저 물어보죠. 사장님. 이 특허들이 정말 회장 지시 없이 빼길 수 있는 겁니까?"

운을 떼자 바로 목소리가 높아졌다.

"헛소리하지 말라 그래요! 하청들 특허를 누가 함부로 열람해요? 저기 있는 노 회장이 가져간 겁니다!"

"우리 선박 조명 빼어 간 부장은 다음 해에 임원 진급했습니다. 임원 진급을 회장이 결정하는데 그걸 몰랐다는 건 어불성설이지요."

준철은 서류를 들고 한 사내에게 물었다.

"그중에 우영전선의 박 사장님. 여기선 특허 소송 제기할 때 대웅이 합의를 시도했었다고요."

"네. 그쪽 강 전무가 와서 합의금 2억 줄 테니, 그만두라 했습니다. 상식적으로 그 돈을 왜 줬겠습니까. 지들도 켕기는 게 있다는 거지."

"그럼 소송을 왜 중도에 그만하셨습니까?"

"우리 같은 놈들이야 아는 게 없으니까. 대기업 상대로 송사 길게 하면 누가 자신 있겠습니까. 그래서 울며 겨자 먹기로 그 돈 받고 합의했던 겁니다."

기술 특허 침해 사실 자체를 입증하는 게 까다로운 데다, 특허청이나 법원 등은 절차를 잘 따르고 근거를 튼튼하게 갖추는 대기업 쪽 논리에 기우는 경우가 많다.

"그럼 그 2억은 어떻게 받았습니까."

"대웅조선 사내 유보금으로 받았습니다."

준철은 고개를 돌렸다.

"회삿돈이 2억씩이나 나갔는데…… 노 회장님은 이걸 모르셨다?"

노현석은 어느덧 고개도 들지 못했다. 구체적인 합의금 액수까지 정해 준 게 바로 자신이었으니까.

"피스톤 특허도 마찬가지였을 겁니다. 대웅조선에서 최 사장님에게 합의를 시도하려 했더군요. 이거 진짜 다 몰랐어요?"

노 회장은 천천히 고개를 들었다.

이글이글 타오르는 하청 사장들의 눈빛이 자신을 따갑게 쏘아보고 있었다.

변호사들과 상의를 끝내고 출구 전략을 다 짜 놨지만 그건 이미 머릿속에서 사라진 지 오래였다.

이젠 정말 가망이 없는 것이다.

"마지막으로 기회를 드릴게요. 지금이라도 인정하면 생산 제재는 조기 해제될 겁니다. 열심히 벌어서 이 피해 보상 다 하셔야죠."

그는 긴 시간 생각하더니 고개를 떨구었다.

"내가 지시한 일이었소…… 미안합니다. 이 모든 특허 도용 다 내가 지시한 일이었소."

망할 놈의 영감탱이.

저 대답이 처음부터 나왔으면 얼마나 좋아.

"나온다! 저기!"

한동안 자리를 지키고 있던 기자들이 다시 바빠졌다. 드디어 노 회장이 나왔기 때문.

출석 때보단 기자들이 많이 줄어 있었지만, 그래도 분위기가 시끌벅적했다. 조사를 마치고 나온 노 회장 얼굴이 금세 핼쑥해졌기 때문이다.

노 회장은 기자들이 묻기도 전에 먼저 입을 열었다.

"먼저 물의를 일으켜 대단히 송구스럽습니다."

-대답부터 해 주십쇼. 이 사안의 최종 몸통은 회장인 본인입니까?

-공정위는 이 모든 사안이 회장의 지시나 묵인 없이는 이뤄질 수 없을 거라 파악했는데요.

노 회장은 긴 원고를 들더니 말했다.

"일련의 하청 특허 탈취가 저의 지시였음을…… 모두 인정합니다."

그의 발표에 여기저기서 탄식이 흘러나왔다.

회장이 직접 관여했음을 인정하는 발표다. 카메라 철수 안 시키고 버틴 보람이 있다.

하지만 놀랄 만한 일은 거기서 그치지 않았다.

"저는 이 모든 일을 인정하고 당국에 밝혔으며 경영 일선에서 은퇴하겠단 각오를…… 이 앞에서 밝히겠습니다."

"……!"

은퇴?

"관련 문제는 각 하청사와 논의하기로 하였고, 피해 보상에 최대한 협조토록 하겠습니다."

–경영 일선에서 물러나겠단 말씀입니까?

–구체적으로 언제부터입니까?

"대단히 죄송합니다. 거취는 나중에 발표토록 하겠습니다."

노 회장은 침통한 얼굴로 고개를 숙였다.

완벽한 패배 선언이었다.

[속보 - 노현석 회장 경영 은퇴 시사]

[하청 특허 도용 사례로는 처음]

이튿날엔 이에 관한 기사가 쏟아졌다.

하청들의 특허를 임원도 아닌 회장님이 직접 탈취한 사례 아닌가? 이 모든 지휘를 회장이 했다는 건 충격이었다. 이 문제를 가지고 회장을 은퇴시킨 것도 처음이었다.

언론에선 후속 보도를 내며 이 문제를 다뤘다.

그나마 다행이라면.

[중기부, 생산제재 해제. 양사 협의 모두 입증]

중기부가 생산제재를 내렸다는 것.

"감사합니다, 팀장님."

"별말씀을요. 사장님께서 계속 싸워 주신 덕분인데."

두 사람은 이 승전보 같은 뉴스를 누구보다 기뻐했다.

"저희는 계속 형사처벌 진행할 겁니다. 회장 퇴임시켰으니, 그 수족들도 처벌해야죠. 과징금은 9억 5천 정도 때릴 겁니다."

특허 도용이 발견될 시 내릴 수 있는 최대 과징금이 10억.

이 정도면 거의 최대치 부과다.

"저희가 이렇게 형사처벌 내리면, 민사 판결에도 영향이 갈 겁니다."

"이거 원 꿈인지 생시인지. 일개 하청사 특허로 그 높으신 양반을 끌어낼 수 있다는 게 얼떨떨합니다."

그리 말하며 그가 준철의 손을 덥석 잡았다.

"팀장님 아니었으면 나 진짜 부랑자가 되었을 거예요."

"사장님 싸움은 지금부터니 더 굳건하게 버텨 내세요."

"아무렴요. 공정위가 이렇게까지 해 줬는데, 민사도 당당히 이겨야죠. 100억보다 더 받아 내 버릴 겁니다. 하하."

그의 웃음을 보니 묘한 기분이 든다. 피켓시위를 했을 때만 해도 이런 모습을 상상할 수 없었는데. 그때만 해도 일이 이렇게 풀릴 거라곤 생각 못 했는데.

두 손을 맞잡은 둘은 한참이나 서로 덕담을 나눴다.

그렇게 최 사장을 보냈을 때 준철은 묘한 감정이 들었다.

'뿌듯……하네?'

수사를 직접 기획하고 마무리 지어서일까?

처음 느껴 보는 감정이었다. 항상 이런 문제 해결하고 나면 과거의 기억들이 자신을 괴롭히기 바빴는데 오늘은 과거에 대한 죄책감을 넘어서 뿌듯함이 느껴졌다.

"팀장님. 자료 이관 준비 다 끝마쳤습니다."

"아, 네. 고생 많으셨어요."

대웅조선의 파장이 크긴 큰가 보다.

노 회장의 사퇴는 그 뒤로도 연일 신문에 대문짝만 하게 실렸다. 하청들 특허에 손대다 회장의 목이 날아갔으니. 게다가 잘못을 시인했는데도 공정위가 기소를 계속 강행하지 않았나.

재계는 아직도 충격과 공포에서 헤어 나오지 못했다.

"근데 진짜 이렇게 이관해도 되는 걸까요?"

"왜요."

"섭섭해서 말이죠. 우린 항상 사건 다 매듭지어서 보고 올렸는데."

김 반장과 박 조사관은 어쩐지 서운한 눈치다.

하긴 고위직들의 이목이 집중된 이 사건을 마무리하고 싶은 욕심이 크겠지. 신문에 실리며 주목도 크게 받지 않았나.

"솔직히 뭐 기술유용팀이 한 거 있습니까? 우리가 배 한 척 까 봐야 한다고 할 때 와서 툴툴거리기나 했지."

"그건 저도 반장님 의견에 동감요. 이번 수사 기획부터 입증까지 저희가 다 한 겁니다."

"그렇다고 저희가 재판까지 다 맡을 순 없잖아요."

말은 그리했지만 준철도 심정은 엇비슷했다.

아깝다.

혐의 다 입증해서 이젠 유죄 판결만 받아 내면 되는데. 법원에서 그 세리머니를 보진 못할 것 같다. 앞으로 재판을 맡아야 하는 건 기술유용팀이니 말이다.

"이럴 때 보면 종합팀인 게 진짜 한스러워. 재판에서 승소하면 지들이 한 것처럼 으스댈 거 아냐? 밥상은 우리가 다 차렸는데."

"그러게요. 수사할 때 적극 돕기라도 했으면 밉지나 않지."

두 사람이 툴툴대자 준철이 슬쩍 상패를 문질렀다.

"그래도 올해의 공정인상은 저희 팀이 받지 않았습니까. 위엣 분들도 우리가 고생한 건 충분히 알걸요."

"칫- 알긴 뭘 알아요. 지휘부야 자기 가까운 데서 일하는 놈들이 제일 고생하는 줄 알지."

"모르면 제가 팍팍 어필할게요. 우리가 제일 고생했다고."

"뭐 그럴 필요까진 없는데…… 아무튼 과장님께 마무리 보고 잘해 주십쇼."

"넵. 종합 보고하고 오겠습니다."

그리 말하며 준철이 일어날 때, 박 조사관이 말했다.

"아, 근데 팀장님. 이거와는 별개로 저희 당연히 포상 휴가는 있겠죠?"

"아무렴요. 2달 동안 야근 안 한 날이 없는데, 최소 사흘은 받아 내야죠. 그건 진짜 염려 마세요."

"그럼 팀장님. 우리 세 명이서 낚시 안 가시렵니까?"

낚시?

"저랑 반장님이랑 이번에 황룡 가기로 했거든요. 2박 3일 낚시 여행."

"아……."

"딱 보아하니 팀장님도 한가하신 것 같은데 같이 가시죠."

"……무슨 낚시인데요. 전 사실 거의 해 본 적이 없어서."

"돛단배 낚시라고 우리끼리 배 하나 빌려서 바다 한가운데로 가는 거 있습니다."

"……근데 제가 그런 건 잘 해 본 적이 없어서."

"그럼 저희가 알려 드릴게요. 낚시용품이야 저희한테 다 있고, 팀장님은 몸만 오세요."

싫다는 티를 이렇게 내도 못 알아듣는다.

'이럴 거면 그냥 휴가를 안 달라고 하는 게 낫겠는데.'

낚시 자체도 싫지만 시커먼 남자 세 명이 2박 3일 동안 부대끼는 건 더 싫다. 박다영과의 데이트는 일말의 기대감이라도 들지 않았나.

"아, 사람이 간혹가다 바람도 쐬고 해야 머리 잘 돌아가요. 그리고 팀장님. 낚시랑 골프. 이건 공무원이 아니라 어느 회사를 가든 필수입니다. 이참에 배워 두세요."

더 이상 빼는 것도 무리.

"……기대가 되네요."

준철은 마지못해 고개를 끄덕였다.

똑똑.

"국장님, 오경석 과장입니다."

-응 들어오게.

오 과장은 긴장한 기색으로 문을 열었다.

국장님에게 하는 보고가 긴장돼서가 아니다. 바로 이 자리에 위원장님이 계시기 때문이었다.

"이 사람입니다, 위원장님."

"응. 오경석 과장?"

"네. 처음 인사드립니다, 종합감시국 오경석 과장입니다."

오 과장은 허리를 폴더폰처럼 숙였다.

사건이 끝날 때 국장에게 보고하는 건 으레 있는 일이다. 하지만 위원장님이 직접 찾아와 보고를 듣는 건 처음.

이번 사건에 관심이 큰 줄은 알았는데, 이 정도일 줄은 몰랐다.

"이 국장한테 얘기 많이 들었네. 원래 종합국이 존재감이 큰 부서가 아닌데, 자네 덕에 올해의 공정인상까지 탔다고."

"과찬이십니다. 제가 아니라 이준철 팀장이 탄 상인데요."

"윗물이 맑아야 아랫물도 맑은 물이야. 점잔 빼기는."

위원장님의 웃음에 오 과장도 긴장을 조금 놓을 수 있었다.

"그래. 이번 대웅조선 사건도 잘 마무리했고?"

"예. 위원장님 덕분에 잘 마무리했습니다. 어제 최종 보고가 올라왔습니다."

"그 자료 좀 직접 볼 수 있겠나."

"물론입니다."

그렇게 준철이 올린 종합보고서가 국장을 넘어 위원장에게 직접 보고되었다.

위원장은 가벼운 웃음을 지으며 서류를 넘겼다.

"이 친구는 어떤가?"

"이준철 팀장 말씀이십니까."

"그래. 이 국장 말로는 약간 무대포 스타일이라더만."

"앞뒤 재지 않고 무조건 직진하는 스타일이긴 하죠."

"혹시 통제 불능이야?"

"그렇게 말씀드리기가…… 참 어려울 것 같습니다. 물론 제가 만류했는데 그 친구가 고집 부려서 관철시킨 수사가 대부분입니다만 항상 결과가 좋아 버려서."

오 과장이 난처한 얼굴로 말하자 위원장이 호탕하게 웃었다.

"굳이 내 앞에서 말 가려 할 필요 없어. 한마디로 말해 꼴통이라는 거 아니야. 근데 항상 결과가 좋은 꼴통."

"아, 예. 듣고 보니 그 말씀이 맞는 것 같습니다."

이번 사건만 봐도 그랬다.

중기부랑 싸울 각오까지 하고 덤벼들지 않았나.

본래 특허 분쟁은 애매하고 까다로워서 어느 부처든 기피하는 수사다.

하지만 그 꼴통 팀장은 중기부를 설득해 생산제재를 이끌어 냈고, 최종 배후인 노현석을 경영 일선에서 은퇴까지 시켜 버렸다.

재계는 아직도 충격과 공포에서 헤어 나오지 못할 정도다.

"이 국장. 자네는 이 친구 어떻게 보나."

위원장의 물음이 옮겨 가자 국장이 웃었다.

"꼴통이란 별명은 너무 박하지 않나 하는…… 보고서엔 이렇게 나와 있어도 이 친구 상당히 신중한 편이거든요."

"신중?"

"웹튜브 칠 때 핵심 연루자들을 기소하자는 의견까지 나왔답니다. 근데 자백을 해서 수사가 쉽게 풀렸으니 정상참작해 주자고 주장했다는군요. 그래야 또 나중에 같은 사건이 재발해도 수사가 쉽다고."

"그래?"

"네. 진짜 앞뒤 안 재고 쑤시는 스타일은 아닙니다. 강약조절에 능숙한 편이죠."

그 한마디가 위원장의 구미를 더욱 당겼다.

강약조절, 그게 바로 노련함 아닌가. 단순히 의욕 넘치고 패기 넘치는 놈인 줄 알았는데, 최소한의 계산은 하고 움직인다.

"한데 위원장님. 자꾸 그 친구 얘기는 왜……."

"다름 아니라 이 친구 한번 본청으로 부를까 해서 말이야."

"본청……이요?"

"응. 그렇게 쓸 만한 친구면 본청 기획부에서 일하는 것도 나쁘지 않잖아."

오 과장과 이 국장 얼굴엔 금방 배신감이 들었다.

왜 갑자기 위원장님이 출두해 직접 보고를 듣는가 했더니. 결국 본청으로 스카우트해 가겠단 얘기 아닌가!

하긴 커리어만 보면 크게 문제 될 것도 없다. 고시 출신에 수사 경력 화려하고, 성품도 딱 지휘부에 걸맞은 놈이다.

"혹시…… 요직으로 돌리시겠단 뜻인지."

"넘겨짚진 마. 그냥 좀 재능 있어 보여서 물어보는 거야. 두 사람은 어떻게 생각해?"

이 국장은 대답 없이 오 과장을 바라봤다.

가장 가까이에서 일해 본 직속상관이 대답해 보란 뜻이다.

"그것도 나쁜 생각은 아닌 것 같은……."

"이 사람아. 계속 그렇게 어중이떠중이 떠들지 말고 솔직하게 말해. 인사 발령 내려고 온 게 아니라 허심탄회한 얘기 좀 듣고 싶어서 온 거야."

오 과장은 국장의 눈치를 슬쩍 살피다 말을 꺼냈다.

"그렇다면 그냥 좀 더 두고 보는 게 어떨까요."

"반대라는 건가?"

"네. 가까이서 본 그 친구는 별로 자리 연연해 보이지 않았습니다. 공기 좋고 한적한 지방으로 발령 보내도 알아서 큰 사건을 만들어 올 놈이죠."

오 과장은 위원장의 반응을 살피며 마저 말했다.

"그리고 이 친구가 가진 장점 중 하나가 다재다능하다는 겁니다."

"다재다능?"

"갑질, 특허, 보험약관, 뒷광고. 거의 결이 다른 사건인데 항상 수사에 성공했죠. 그래서 좀 더 실험해 보고 싶은 마음도 큽니다. 과연 이놈이 대기업 담합이나 일감 몰아주기, 리베이트 같은 수사는 어떻게 다룰까."

"경험을 좀 시켜 보고 싶다는 건가."

"네. 아직 적성을 찾았다고 하기엔 이릅니다. 그렇게 경험을 두루두루 시킨 다음 요직으로 돌려도 늦지 않을 겁니다."

그리 말하는 오 과장은 약간의 죄책감이 들었다.

공정위에서 종합감시국은 가장 존재감이 없는 부서. 여기에 잡아 두는 건 족쇄를 채우는 일일지도 모른다.

하지만 오 과장은 한 가지 확신할 수 있었다. 낭중지추, 주머니 속에 있는 송곳은 언젠간 눈에 띄기 마련. 그 과정이 좀 오래 걸리더라도 이 팀장은 반드시 위로 갈 놈이다.

"허허. 그렇구먼."

위원장은 너털웃음을 짓더니 고개를 끄덕였다.

"고맙네. 허심탄회하게 말해 줘서."

"아닙니다. 저 같은 말단들 의견 들어 주셔서 오히려 감사합니다."

"듣고 보니 또 자네 말이 맞아. 나도 신입 때는 서울, 대전, 부산 다 찍고 승진했지."

박 위원장의 생각이 바뀌었다.

이런 놈일수록 현장에서 강하게 키워야 한다. 요직으로 돌려서 키우는 것도 좋다만, 더 와일드하게 크는 게 좋지.

"대신에 영어 공부 좀 하라 그래."

"예?"

"현장 경험도 좋지만 이론도 중요한 법이야. 우리 FTC(美공정위) 정기 교육이 6월이었지?"

"아, 예."

"내가 요직으론 못 끌어 줘도 그놈 연수 교육은 추천하고 감세."

정기 교육.

공정위는 매년마다 미국 공정위로 파견 연수를 보내는데, 이 과정은 국비유학생 선발과 다름없었다. 20만 공정위 직원 중 단 8명만이 해외연수 티켓을 받을 수 있으니 말이다.

국장급 진급자 중 이 해외 연수를 가 보지 않은 사람이 없을 정도다.

글로벌 공조가 중요해지고, 다국적 기업들의 독과점이 심해지는 요즘엔 해외 연수 이력이 진급의 필수 코스 중 하나였다.

달리 말하면 이건 이 팀장을 엄청 밀어주고 은퇴하겠다는 얘기.

"왜, 그 친구 영어 못하나?"

"아닙니다. 모르면 지금부터라도 배워야죠."

"좋아. 그럼 잘 알아듣게 설명해 봐. 아, 내가 이런 말 했다는 건 비밀이야. 난 또 젊은 놈이 괜히 자만하게 되는 건 싫거든."

"예. 티 안 내고 잘 설명하겠습니다."

만족스러운 대답을 들으며 위원장이 자리에서 일어났다.

원하는 바를 이루진 못했지만, 말년에 참 재밌는 놈을 만났다.

질 끝판왕 사망
한명그룹
김성균 본부
낚시터에서 생긴 일

갈매기 지저귐과 뱃고동 소리. 싱싱한 오징어가 팔딱대는 모습엔 저절로 군침이 넘어간다.

탁 트인 바다 전망은 또 어떤가. 과메기 한 점에 소주만 있으면 무릉도원이 따로 없을 것이다.

"어떻습니까. 중공업 선박들 뒤지고 다니다가 여기 오니 감회가 새롭죠? 솔직히 공기부터 다르잖아요. 기름 쩐내 없는 이 천혜의 자연 냄새. 오늘 오후엔 수산시장에서 경매도 열린답니다. 회포 제대로 풀죠."

진짜로 김 반장의 말이 맞았다.

같은 바다라도 어찌 이리 다를 수 있는가. 남해에서 철근 나르던 인부들은 세상 피곤에 찌든 모습들이었는데, 동해 어민들은 얼굴 하나하나가 다 신선처럼 보였다.

'젠장…….'

준철은 자존심 상하게도 기분이 좋았다. 배달 어플로 없는 식욕을 끌어내던 여느 휴일과 완전 다르다. 비린내 나는 오만 생선이 다 맛있어 보이고, 마시지도 않던 술이 미친 듯 당겼다.

"푸흡- 근데 팀장님은 진짜 낚시가 처음인 모양입니다?"

"……그러게요. 저는 왜 한 마리도 못 잡는 겁니까."

"낚시는 관찰력. 찌를 유심히 보셔야죠. 몇 번 해 보셨다면서요?"

"터에서 붕어나 잉어 몇 번 잡은 적 있긴 한데."

"터? 하이고- 업장에서만 낚시하셨구나. 낚시터랑 바닷바람 맞으면서 잡는 거랑 이렇게 차원이 다릅니다. 줘 보세요, 제가 한 수 알려 드릴게요."

골프라면 자신 있는데, 낚시는 영.

김 반장 통발에 도다리, 감성돔, 임연수가 종류별로 쌓여 가는 동안 준철은 한 시간째 허탕이다.

"제일 중요한 건 배에서 제일 멀리 던지는 거예요. 읏차."

낚시찌가 포물선을 그리며 족히 30m는 날아갔다.

"이렇게 반응 없으며 슬슬 움직여 주시고. 물고기는 살아 있는 고기만 먹으니까."

꼭 저렇게 엉덩이까지 씰룩여야 할까.

"슬슬 탐색하다가 입질이 오면…… 입질이 오면."

풍덩.

거짓말처럼 입질이 쑥 들어오기 시작했다. 김 반장은 기회다 싶어 전속력으로 레바를 감았지만.

"이야– 반장님! 일로 좀 와 보십쇼. 빨리 빨리 빨리!"

뒤에 있던 박 조사관의 목소리가 들렸다.

낚시는 타이밍의 예술이건만. 갑자기 끼어든 불청객 소리에 집중력도 흐트러졌고, 고기도 도망가 버렸다.

"어휴– 박 조사관 저놈은 뭐 도움이 안 돼."

"나중에 다시 알려 주세요."

준철은 쿡 웃었고 두 사람은 소음지의 근원으로 걸음을 옮겼다.

"어디 뭐 참치라도 잡았냐. 왜 이렇게 호들갑이야."

"참치 저리 가라 싶은 거 몇 마리 잡았죠. 흐흐."

"뭐야, 이거 조개들이네?"

박 조사관 통발에는 익숙한 모습의 조개들이 보였다.

"네. 백합, 홍합, 가리비, 키조개. 아주 없는 게 없습니다."

"너 이걸 어떻게 잡았어."

"저기에 있는 투망 한 번 던졌죠."

"투망? 야! 배 물건에 함부로 손대면 어떡해."

"무슨 함부로에요. 선장님이 자리 비울 때 필요한 거 있으면 다 쓰라고 했는데."

박 조사관은 실실 웃으며 칼을 들었다.

"가만 계시지 말고 냄비랑 소금 좀 가져와 보세요. 이거 해물탕 끓이면 죽이겠습니다. 이야— 이 가리비 봐라. 서울에서 이 조개찜 한 상 먹으려면 최소 7만 원은 받을 텐데."

김 반장은 잠시 갈등됐지만 곧 입맛을 다셨다.

"오징어…… 오징어는 없나?"

"저기 투망 한번 뒤져 보십쇼. 날이 좀 풀려서 그런지 없는 생선이 없습니다."

"팀장님. 냄비랑 버너 좀 부탁드립니다."

"네?"

"이건 박 조사관 말이 맞아요. 언제 또 이렇게 싱싱한 조개찜 먹어 보겠습니까."

이래도 되나 싶은 것도 잠시. 가리비가 입 벌리는 모습에 침샘이 폭발했다.

세 사람은 분주하게 움직이며 조개찜 세팅에 들어갔다.

갓 잡은 해산물에 고춧가루만 뿌렸을 뿐인데 군침이 싹 돈다. 고소한 냄새가 코를 간지럽혔고 김 반장은 소주를 뜯었다.

통통통통.

하지만 그렇게 만찬을 즐기고 있을 때.

불현듯 먼 곳에서 통통 뱃소리가 들렸다.

"아이구— 선장님 벌써 오셨나."

하지만 선장이 아니었다.

상대 배에선 웬 노인이 내려 삼인방을 수상한 눈초리로 훑었다.

"최 영감 배 같은데, 자네들은 뉘신가?"

"아, 낚시꾼들입니다. 선장님은 오늘 무슨 경매가 크게 열린다고 잠시 뭍으로 가셨고요."

"이 영감이 어데 돈귀신이 붙어먹었나. 뱃밥 먹는 놈이 배를 함부로 비우면 어뜩해?"

노인은 일행을 쓱 훑으며 핀잔을 줬다.

"얼른 가서 연락혀. 배에서 선장이 자리 비우면 단속 맞아. 내가 아니라 해경이 왔으면 어쩔 뻔했어."

"하하. 오늘은 뭐 해경들도 다 경매장 가야 해서 바쁘다는데요."

"쯧쯧— 손님들한테 못된 것만 가르쳤네."

"그러지 말고 영감님도 와서 한술 뜨시지요. 마침 고기가 많이 잡혀 버리기 아까웠습니다."

노인이 코를 킁킁거렸다.

사실 이 배에 온 목적도 칼칼한 해물탕 냄새 때문이었다.

"뭘 그리 맛있게들 먹누?"

"저희가 뭐 고기 이름을 압니까. 이것저것 잡아서 회 치고 탕 끓여 먹죠. 아, 쇠주에 막걸리까지 있는데 한잔하시렵니까?"

"못난 소리 하고는. 배 운전하는 놈이 어떻게 술을 자시는가. 근데 거 매운탕은 어디 솜씨 구경이나 함세."

새벽부터 바닷바람을 맞은 노인이었다.

칼칼한 매운탕에 공깃밥 한 그릇이 누구보다 절실하던 터였다.

"어이구야. 일행이 더 있었구먼."

노인은 준철과 박 조사관을 보더니 습관처럼 잔소리를 이었다.

"젊은 사람들이 너무 술 많이 자시지 말어. 선장 없을 때 사고 나면 최 영감 어업면허 박탈이야."

"넵."

"여기 앉으세요, 어르신. 박 조사관 가서 밥 가져와."

노인은 자리에 앉더니 눈썹을 들었다.

"조사관? 어디 공무원들이신가?"

"네. 서울에서 일합니다."

"어데서 일하는고? 뭐 해양수산부 같은 빌어먹는 데서 일하는 것 같진 않아 보이는데."

"하하. 거기보다 욕 더 많이 먹는 곳에서 일합니다. 자- 식사부터 하세요."

노인은 숟가락을 들어 매운탕을 한입 들었다.

"설 사람들이 솜씨 제법이구먼. 뭐 조미료 넣었나."

"남자들이 요리를 뭐 압니까. 라면 스프 좀 넣었죠, 뭐."

"그랴. 배에선 라면만 끓여 먹어도 별미지."

그러다 노인의 눈이 화등잔만 하게 커졌다.

"저, 저건 뭐시어?"

"아, 이거요. 조개찜이에요. 사실 이게 메인인데 어르신도 드시지요."

"아니 이 사람들아 저 조개 뭐시냐고!"

"예? 가리비요?"

"가리비?!"

노인의 목소리가 커지자 세 사람은 영문도 모른 채 바짝 긴장했다.

"예…… 뭐 문제 있습니까?"

"이놈들아 겨울철에 가리비를 함부로 주어 먹으면 어뜩해! 저거시 복어여 복어!"

"보…… 복어라니요. 제가 물고기는 잘 몰라도 복어 정도는 구별할 줄 압니다."

노인은 참다못해 숟가락을 던졌다.

"그럼 사람이 복어 먹으면 어케 되는지는 알제?"

"시, 신경독이요."

"그래, 네들 이 지금 그걸 먹은 거시여."

"아니 그게 무슨 말씀입니까?"

"복어가 독을 제 몸에서 만드는 줄 아나?! 다 이렇게 가리비 같은 먹잇감들 먹고 독성을 몸에 저장하는 거야. 얘네는 자체 독을 생산하는 게 아니라 먹잇감으로 독을 생산한다고!"

삼인방은 완전히 사색이 되었다.

얼핏 들은 적이 있었다. 겨울철 생선은 함부로 주워 먹는 게 아니라고.

"어르신 이거 심각한 겁니까?"

"옌장할. 그럼 안 심각혀? 얼른 숟가락 내려놓고 내 배로 타! 선착장에 긴급 보건소 있응게."

"으웩 으웩-!"

위세척만 벌써 세 번째.

"……낚시 베테랑이라면서요. 저것도 모르고 함부로 먹으면 어떡해요."

"……유구무언입니다, 팀장님. 하여간 저 박 조사관."

"……너무 그러지 마세요. 먹을 땐 다들 좋았잖아요."

준철 일행은 부둣가에 위치한 긴급 보건소에서 속을 전부 게워 냈다.

정말로 아슬아슬했다. 노인이 일러 준 지 얼마 되지 않아 곧 구토가 올라오고 혈색을 잃기 시작했으니.

선착장에 도착해선 기억도 나지 않는다. 눈떠 보니 위세

척을 하고 있었고, 다시 감았다 떠 보니 수액 주사가 꽂혀 있었다.

"선생님 저…… 뭔가 머리가 핑 도는 것 같고, 손에서 땀이 나고…… 주사 같은 거라도 한 방 놔 주시면……."

"다행히 중독 증상은 없수다."

"그럼 안전한 겁니까?"

"그래도 혹시 모르니까 한 번 더 게워 내시게."

초로의 의사는 물약을 또 내밀었다.

이것으로 위세척만 네 번째다.

"어휴- 내 팔자야."

병상에 쓰러져 누운 두 사람은 박 조사관에게 눈을 흘겼다.

"안전하다더니 이게 뭐야? 해산물 박사라며?"

"……."

"골로 갈 뻔했네. 복어보다 더 위험한 걸 먹고 앉아 있었으니."

"너무 그러지 마세요. 그래도 맛있긴 했잖아요."

그 맛있는 걸 다시 게워 내는 게 어려웠을 뿐이지.

세 사람이 투덜댈 때 생명의 은인이 도착했다.

"좀 정신이 드는가?"

"아, 어르신."

"누워 있으시게. 그새 얼굴이 반쪽이 됐구먼."

“어르신 덕택에 죽다 살았습니다. 이 은혜를 어찌 갚아야 할지.”

“정 고마우면 누워 있다 조용히들 가. 이거 해경한테 걸리면 최 영감 면허정지야.”

“아무렴요. 아무 소리 않고 있다가 조용히 가겠습니다.”

“그려. 시장엔 내가 데려다주겠네.”

노인은 끌끌 웃으며 의사에게로 갔다.

초로의 의사는 차트를 작성하다 시큰둥하게 말했다.

“어쩌자고 오늘 바닷가에 나갔어? 오늘 장 열리는 날 아니야?”

“아직 한 시간이나 남았는데 뭘.”

“가서 단단히 준비하고 있어야지. 또 그 어민협동조합 놈들이 훼방을 놓을 텐데.”

“직원들한테 맡기고 왔어. 나도 곧 돌아갈 게야.”

초로의 의사는 혀를 끌끌 찼다.

“그러지 말고 그냥 어협에 재가입해. 한 번 가입했다가 탈퇴하니까 자네를 아주 못살게 구는 거 아니야.”

“그만해. 안 한다니까.”

“아니면 뒤에서 부채질이라도 말든가. 어협 놈들은 비조합원들 못 잡아먹어서 안달이야. 뒤에서 비조합원들 편들지 말아.”

노인이 쓴웃음을 지었다.

"그거야말로 이상한 일이지. 어협이 조합원 비조합원 차별하는 거 자체가 어불성설이란 말이여."

"자네가 그렇게 세상 물정 모르는 소리 할 나이야?"

"암만 그래도 난 재가입 안 해. 그놈 새끼들이 어협을 어떤 식으로 운영했는지 빤히 다 아는데."

"이 사람아 그 얘긴……."

"알아. 나도 입밖에 안 꺼낼 거야."

노인은 웃으며 어깨를 두들겼다.

"저 치들은 내가 시장으로 데려가이. 사람 살려 줘서 고맙네이."

어민협동조합.

어민들 90%가 가입한 단체로 동해 물고기는 모두 여기서 유통된다 해도 과언이 아니다.

유통을 단일화하면 어민들끼리 불필요한 경쟁을 줄일 수 있었고. 어협은 이 협상력을 바탕으로 유리한 가격 협상을 할 수 있었다.

노인 또한 한때는 동해 지부 조합원장까지 갔던 사람이었다.

하지만 그 위치에 오르면서 못 볼 꼴도 많이 봤던 터였다.

그 얘기는 아직도 떠올리고 싶지 않다.

"어르신. 이게 겨울철에서 가장 큰 경매라는데 정말 그렇습니까?"

삼인방은 보건소에서 받은 빵과 우유를 우물거리며 물었다.

노인은 상념을 지우고 웃음을 보였다.

"그럼. 동해에서 잡은 물고기가 다 나오는데 날인데, 볼거리도 많제. 백화점도 여기서 고기 떼다 파는 거야."

세 사람은 작은 탄성을 질렀다.

도시에서 살면서 경매를 볼 기회가 얼마나 있겠나. 시장에서 흥정을 해 본 경험도 없는 이들이다.

"그래도 젊은 것이 좋네. 얼굴색이 금세 좋아지고. 이제 좀 괜찮남?"

"덕택에요. 어르신 아니었으면 골로 갈 뻔했습니다. 이 은혜를 어찌 보답해야 할지."

"보답은 무슨. 담부턴 뭐 함부로 주어 먹지 말어. 바다 생물이 얼매나 위험한디."

"네. 당분간은 밥상에 고등어만 올라와도 기겁하겠네요."

박 조사관이 능청을 떨자 노인도 슬며시 웃었다.

"낚시 코스는 영 별로여도 관광은 좀 아는구먼. 경매 구경할 거면 날짜 잘 잡아 왔네."

"그래요? 겨울이라서 사람이 그리 많지 않다 들었는데."

"이 맘이 젤 적당할 때야. 여름 되면 사람이 똥파리보다 더 많으니까. 자네들 발도 못 들였을걸."

노인은 슬쩍 웃으며 명함 한 장을 내밀었다.

[원광수산]

"여가 내 업장일세."

"아, 어르신도 오늘 경매에 참여하시나 보군요."

"암- 동해에서 원광오징어 모르면 이북에서 왔지. 할 거 없으면 놀러들 와."

"초대해 주시면 감사하죠. 가서 짐이라도 나르겠습니다."

확실히 박 조사관은 처세에 능한 사람이다. 입속에 달콤한 사탕처럼 아양을 떨자 노인이 크게 웃었다.

촌에서 살며 젊은 사람들과 농담 나눌 기회가 얼마나 있겠나. 노인은 손주들 재롱잔치 보는 할아버지처럼 웃었다.

"그럼 내리더라고."

그렇게 수산시장에 도착하니 그 장대한 규모에 입이 떡 벌어졌다.

과연 동해에서 가장 큰 수산시장다운 규모.

서울에선 구경도 못 해 본 생선들이 파닥거렸고, 시장 안은 관광객과 도매상들로 문전성시를 이뤘다.

"오징어 사세요- 오징어. 오늘 경매에 참가할 싱싱한 대명

오징어입니다!"

"거기 아재요. 과메기 한 바가지 안 사 갑니꺼. 우리 미루 과메기는 백화점에 납품하는 상품입니다."

"골라, 골라. 삼치가 다섯 마리에 만 원."

시장통에 들어서니 메가폰 소리가 눈길을 끌었다. 생선 구경보다 더 재밌는 건 이걸 파는 흥정 소리다.

휘황찬란한 광경에 삼인방은 눈동자가 부지런히 굴러갔다.

"어르신. 무슨 삼치가 저렇게 쌉니까? 여긴 값을 거의 다 절반도 안 받네요?"

"떨이 상품이니껜."

"떨이요?"

"경매로 올리기엔 중량이 안 나가거나, 상품성 애매한 것들 파는 장사다 이 말이여."

"아."

"맛은 똑같은데 떨이라서 가격만 싼 것이여. 눈썰미 있음 한번 골라들 봐."

노인이 자랑스레 말할 때였다.

"아니, 왜 우리는 장사 못 하게 해요?!"

시장 중앙에서 날카로운 아줌마의 목소리가 들렸다.

눈을 돌려 보니 대여섯 되는 장정들과 아줌마가 대치하고 있는 상황.

"아줌마. 거 몇 번을 말해야 알아들어요? 여긴 우리 조합원들 자리라고."

"어디 뭐 명찰이라도 박아 놨어요? 대체 여기가 언제부터 어협조합원 자리야."

"거기 아줌마가 깔고 앉은 빨간 바가지! 그게 우리 조합원들이 맡아 놨단 표시야. 명찰이 버젓이 있구만 어딜 얌체처럼 깔고 앉아."

중년 아줌마는 빨간 바가지를 내동댕이쳤다.

"이게 어딜 봐서 명찰이야!"

"왜 늦장 오셔 가지고 먼저 온 사람한테 행패람."

"행패? 이 썩을 놈들아! 네들이 어협에 가입 안 한 사람들 왕따시키려고 이러는 거 누가 몰라?"

"뭐야?"

"비조합원들 장사 못 하게 훼방 놓는 거 아니야!"

순식간에 수산시장의 이목이 모두 쏠렸다.

이건 흥정하다 보면 으레 나오는 입씨름이 아니었다.

"이 아줌마가 겨울에 더위를 자셨나."

"아니라면 아니라고 해 봐!"

"아니야! 여긴 우리 어협조합원들이 새벽부터 줄 서서 맡은 자리요. 아, 뭣들 하냐? 얼른 이 아줌마 자리 빼."

그리 말하자 주변에 있던 장정들이 달려들기 시작했다.

"놔! 그거 함부로 건들지 마!"

"비키세요, 그만 좀."

"나 진짜 네들하고 같이 죽을 수도 있어! 그거 안 내려놔."

그렇게 양측 간의 충돌이 최고조에 달했을 때.

"그만들 하시게. 최 반장."

노인이 좌우를 헤치며 그들 앞에 섰다.

옆에서 볼 땐 잘 몰랐는데, 노인은 아무래도 중요한 위치를 맡고 있는 모양이다. 그의 등장해 기세등등 달려들던 장정들이 멈칫하기 시작했다.

"영감님은 또 여기 웬일이십니까?"

"뱃사람이 경매장에 왜 왔겠나. 고기 팔러 왔제."

"그럼 가던 길 가세요. 곧 경매 시작하는데 여기서 노닥거릴 시간 있습니까."

"최 반장. 나도 오늘 말장난할 시간 없으니, 좋은 말로 할 때 그만둬."

노인이 단단한 목소리로 말하자 사내도 멈칫했다.

"김 씨네 말도 틀린 게 없잖나. 자네들이 빨간 바가지 하나씩 던지고 가면 누가 목 좋은 곳에서 장사하나."

"우리가 그 사정까지 봐드려야 합니까?"

"그럼 어디 한번 경찰 불러 보시게. 어협 간부들이 목 좋은 곳에 알박기한다. 비조합원들 장사 못 하게 방해한다. 진짜 끝까지 가겠나?"

사내는 주변을 살폈다. 막무가내처럼 보이는데 막상 또 경찰은 부르기 싫은 모양.

그가 손가락을 까딱거리자 장정들이 슬금슬금 물러났다.

"가세요- 가. 뭐 구경들 났습니까?"

"하던 일 하세요."

장정들이 구경꾼들을 물리치자 그가 슬쩍 다가왔다.

"영감님. 그걸 아시면 고집 그만 부리시고, 어협에 재가입하세요."

"이런 꼴 보이면서 재가입하라고?"

"안 그럼 더한 꼴 보시든가. 오늘은 물러 가 드리지만 다음엔 어림없어요."

"어림없다라. 협박으로 들리는군."

"협박이 아니라 상생. 아, 어민들끼리 불필요한 경쟁 줄이고 좀 다 같이 잘살아 봅시다."

노인은 비웃으며 [공판장]이라 쓰여 있는 중앙시장 팻말을 가리켰다.

"공판장에서 이런 깽판을 쳐 놓고선 다 같이 잘살아?"

"영감님!"

"공판장은 공개판매장이니 공판장이야. 비조합원들도 여기선 차별하면 안 돼. 그것도 어기는 놈들이 무슨 다 같이를 입에 올려."

노인이 자리를 떠나려 하자 그가 비웃으며 말했다.

"이번엔 넘어가 드리지만 그것도 하루 이틀입니다. 지금 어협조합에 가입 안 한 사람들 얼마 없는 거 알죠. 영감님이 어민들 꾀어서 어협 가입하지 말라고 하는 거 다 압니다. 제발 똥고집 좀 그만 부리세요."

"자— 그럼 경매 시작하겠습니다."

황룡 중앙시장의 최대 명물 생선 경매는 다소 흉흉한 분위기 속에서 시작되었다.

"첫 경매는 청일 과메기. 응찰자는 번호표를 들어 주세요."

단상에 나선 중개인도 이를 의식하는지 부러 목소리를 돋우는 것 같았다.

오늘의 경매 첫 상품은 과메기였다. 소개를 들어 보니 10년 동안 백화점에 납품하던 상품이란다.

살이 통통 오른 과메기가 나오자 도매상들이 휘휘 돌아다니며 상품성을 따졌다.

바야흐로 총성 없는 전쟁의 시작.

중개상인들은 약 30초간 치열한 눈치 싸움을 벌였다. 자기들끼리 무슨 수신호를 보내며 귀엣말을 하는데, 옆에서 지켜보는 것만으로도 손에 진땀이 난다.

"경매 시작합니다. 시작가 400!"

이윽고 경매가 시작되었을 때.

"410"

"420"

"450!"

고요했던 경매장은 언제 그랬냐는 듯 활활 타올랐다.

"470!"

"500!"

숫자가 진짜 빠르게 올라간다. 정신 놓고 보니 어느새 가격이 두 배까지 갔다.

"이야 이거 진짜 손에 땀 나는데요."

"그러게. 주식 상한가 구경하는 것보다 재밌다."

응찰자 번호표만 있으면 아무 숫자나 막 불러 보고 싶을 정도.

"550, 550, 550! 오케이. 한미마트가 최종 낙찰되었습니다."

중개인이 세 번 가격을 말하는 게 최종 낙찰을 뜻하는 모양이다.

그 뒤로 해삼, 삼치, 광어 등이 경매장에 올랐고, 치열한 흥정 싸움이 계속되었다.

그렇게 보니 참 이 바닥도 재밌다.

그림 같은 풍경에 유유자적 사는 것처럼 보이던 어민들이, 사생결단으로 덤벼들지 않겠나. 역시나 속사정을 알고 보면 안 치열하게 사는 곳이 없다.

"그리고 다음은…… 에. 원광수산. 오징어 되겠습니다."

그러나 영감님의 원광수산이 경매장에 오르자 갑자기 분위기가 변했다.

중개상인들이 슬금슬금 눈치를 보더니 한 곳을 바라봤다. 아까까지 영감님과 싸웠던 최 반장의 얼굴이었다.

'뭐야 저 분위기는?'

대체 뭘까? 경매 시작하면 물건에 집중해야 하는데, 다들 눈이 엉뚱한 데로 가 있다.

단순한 기분 탓이 아니었다. 상품이 오르면 중개상인들이 이리저리 쏘다니며 상품성을 재는데, 영감님네 오징어는 반응이 영 썰렁했다.

"자 그럼 경매 시작하겠습니다. 시작가 400."

준철은 이 썰렁한 분위기의 실체를 곧 확인할 수 있었다.

"400…… 400요. 400 없습니까?"

방금까지 불타올랐던 중개상인들이 서로 눈치 보기만 바쁘다.

노인은 이 상황을 예감한 건지 착잡한 얼굴로 다른 이들의 시선을 외면했다.

"400…… 정말 없습니까?"

"그럼 원광오징어는 유찰(무효)토록 하겠습니다. 13일에 2차 경매가 있을 예정이니, 도매 사장님들께선 잘 판단하시고 응찰해 주시길 부탁드립니다."

그 뒤로 같은 반응이 연달아 보였다.

다음에 등장한 수산물은 최고가를 쓰며 낙찰받았는데, 최반장과 싸운 아줌마의 생선은 또 반응이 없었던 것이다.

"이것으로 중앙시장 1차 경매를 마치겠습니다. 13일에 2차 경매가 있을 예정이니, 유통사 사장님들께선 많이들 참석해 주십쇼."

그리고 그렇게 경매가 허무하게 끝났을 때.

준철은 어렵지 않게 이 규칙을 알 수 있었다.

'……이거 중개인들 담합 아니야?'

표정이 어두운 이들은 어민협동조합에 가입 안 한 어민들이다.

한마디로 비조합원들은 이번 경매에서 학살을 당한 것이다.

질 끝판왕 사망
한명그룹
김성균 본부
어민협동조합

탁 트인 바다 전망.

누군가에겐 휴양지일지 모르나, 누군가에겐 치열한 생존의 장이다.

"그래서 다 정리했다?"

"예. 이번에 비조합원들 고기들은 대부분 다 유찰됐습니다."

"왜 모두가 아니라 대부분이야?"

"몇몇 도매상들은 눈치를 줘도 못 알아먹더군요. 걱정 마십쇼. 그놈들한텐 우리 조합원 고기 안 넘겨 버리면 됩니다."

눈치가 있으면 알아서 줄 잘 서겠지.

조합원장은 담배를 꼬나물었다. 행색은 남루했지만 그는

웬만한 시의원보다 더 파워가 센 인물이었다. 동해에서 잡은 물고기가 전부 다 이곳 어협에서 유통되고 있지 않나.

그는 탁 트인 바다로 담배를 길게 내뿜었다.

"최 반장."

"예."

"저 어선들 중에 비조합원 배가 몇 갠 줄 아나."

"예?"

"고작해야 네댓 척밖에 안 돼. 나머지 배들은 전부 우리 어협조합원 배고."

"아, 예. 예."

"근데 저 너덧 개가 끝까지 가입 안 하면 어협은 존재 이유가 없거든."

"예…… 가격 협상이 안 되죠. 우리끼리 고깃값 올려도 비조합원들이 따로 팔아 버리니."

칙-!

조합원장은 재떨이에 담배를 지져 껐다.

"그걸 알면 좀 더 의욕적으로 일해야지?"

"죄송합니다, 원장님. 근데 저도 최선을……."

"최선? 자네랑 내가 이 자리 맡았을 때 어협 가입률이 92%였어. 근데 지금은 89%. 3%나 이탈했는데 최선이란 말이 나와?"

최 반장은 바짝 엎드렸다.

"송구스럽습니다."

"단호할 땐 좀 단호해. 왜 자꾸 비조합원들한테 끌려다녀?"

"다름 아니라 그게 저……."

"또 그 영감인가? 늙은 호랑이?"

"예. 원광수산 김 사장이 계속해서 어민들 꾀는 것 같습니다."

조합원장은 혀를 찼다.

원광수산의 김영호, 늙은 호랑이.

한때 이 조합원장 자리에까지 앉은 인물이었지만, 지금은 열렬하게 反어협 전선에서 활동 중이다.

"성질 같아선 장사판 엎어 버리고 싶지만…… 그게 또 워낙 저희 내부 얘기를 많이 알고 있으니."

"이번에도 그 영감이 초를 쳤다고?"

"네. 시장에서 자리 하나 빼려고 했는데, 그 영감이 구원투수처럼 등장했습니다."

정말 눈엣가시 같은 놈이다.

어민협회에 가입하지 않은 사람들이 얼마 되지 않는데, 그 영감이 비조합원들의 구심점 역할을 하고 있다.

"그래도 중개인들 압력은 확실히 넣었습니다. 이번 경매에서 완전 유찰됐어요."

"그건 확실한 거야?"

"예. 2차 경매에서도 당연히 유찰될 겁니다."

어협의 비밀을 알고 있는 영감. 그래서 함부로 다룰 수도 없는 영감.

최종 목표는 그 영감의 재가입이다. 이런 시한폭탄을 계속 바깥에 두고 감시할 순 없다.

"저기 근데…… 다만 소문은 좀 조심해야 할 것 같습니다."

"소문?"

"저희 간부들 특혜 얘기가 좀 떠도는 것 같더군요."

조합원장이 얼굴을 찌푸렸다.

동해의 유통권을 꽉 쥐고 있는 어협은 남겨 먹을 게 천지였다. 풍년이 잦은 요즘 같은 때엔 어민들의 어획량도 지정해 줬다. 하지만 이 어획량을 결정하는 건 원리원칙이 아닌 간부와의 친밀도.

중개상들한테 접대를 받거나, 정부 보조금을 물 쓰듯 쓴 건 헤아리기도 힘들 정도다.

"그건 의심이 아무리 많아도 결국 못 밝혀."

"아, 예."

"소문은 신경 쓰지 말고 자네는 계속해서 그 영감만 주시해. 다시 말하지만 그 영감 하나 굶어 죽이네 마네가 중요한 거 아니야. 그 애물단지는 무조건 다시 조합 안에 가둬 놔야 돼."

"물론입니다. 최선을 다하겠습니다."

경매가 끝나면 어민들의 발걸음은 가벼워진다. 몇 달 동안 수고해 잡은 물고기가 돈이 되어 돌아오는 날이기 때문이다.

"하아……."

하지만 비조합원들은 땅이 꺼져라 한숨만 내쉬었다.

"가면 갈수록 횡포가 더 심해지는 것 같습니다. 작년만 해도 행상을 엎을 정도는 아니었는데."

"이번에 유찰된 것만 봐도 그래요. 도매상인들 전부 다 어협에 붙어먹지 않았습니까."

"우리 고기 사면 어협에서 고기 안 넘긴다고 협박한 게 분명해요."

쓰디쓴 소주잔이 계속 넘어갔다. 하지만 머리를 맞대도 대책은 나오지 않았다.

"그러지 말고 우리 어디에 신고라도 해 보죠."

"어디에 뭘로 신고해?"

"뭐 아무거나 걸면 방법이야 나오지 않겠습니까."

그리 말하자 한 사내가 신경질적으로 말했다.

"우리도 해결 못 하는 걸 남더러 도와달라고?"

"그렇다고 이렇게 굶어 죽을 순 없잖아요! 우리끼리 머리 맞대면 뭐 대책 나와요?"

"이 자식이 근데 어디서 승질이야?"

"먼저 목소리 높인 게 누군데?!"

"아니 듣자 듣자 하니까."

의기투합해 열었던 대책 회의는 금세 멱살잡이로 변했다.

다들 목구멍이 포도청이니 사소한 말실수에도 예민해졌다.

"그만들 해, 그만들! 우리끼리 싸우면 어떡해요."

한 여인이 만류하자 젊은 사장이 자리를 박차고 일어났다.

"아, 난 모르겠습니다. 농사도 풍년이면 밭 갈아엎는데, 물고기는 왜 못 해. 어협이 어획량 조절하는 게 꼭 나쁜 것만은 아닌 것 같수다."

"너 그거 간부들하고 친한 순으로 많이 주는 거 모르냐?"

"한국에서 그 정도 비리 없는 단체가 어디 있어요. 국회의원 비리 터진다고 세금 안 내겠다는 격이지. 대책 없으면 나도 그냥 어협 가입하렵니다."

사내가 그리 퇴장하자 어민들은 더 동요하기 시작했다.

노인은 이 상황을 말없이 지켜보기만 했다.

쏴아- 쏴아-!

바닷바람이 부딪힌다.

방파제에 앉은 노인은 먼바다를 훔쳤다. 지겹도록 보아 온

이 바다가 오늘따라 낯선 건 왜일까?

오늘 비조합원 회의는 무기력하게 끝나 버렸다.

아까 전 대책 회의에서 할 말이 없었던 게 아니다. 어협에 함부로 가입하면 어떤 대가가 따라오는지 누구보다 잘 알지 않나?

조합원 간부가 정부 보조금을 빼돌리고.

중개상들에게 접대를 받으며.

자신들과의 친밀도에 따라 어획량을 지정해 준다.

이 모습에 질려 어협을 박차고 나온 게 그였다. 하지만 그에겐 현실을 타개할 방법도, 그들을 이길 힘도 없었다.

“제가 한 잔 올려도 되겠습니까?”

“응? 자네는…….”

“왜 혼자 계세요. 날씨도 아직 쌀쌀한데.”

난데없이 등장한 준철은 그에게 겉옷을 걸쳐 주었다.

“아직 서울에 안 갔는가?”

“휴가를 좀 길게 받았습니다.”

“그럼 얌전하게 놀다 가. 밤바다가 얼마나 무서운데.”

“암요. 밤바다가 예쁘다기에 근처 좀 걸었습니다.”

준철은 잔을 올리고 컵을 들었다.

노인은 허탈하게 웃다 그 빈 잔을 채워 주었다.

“자네도 별로 행복하게 살 팔자는 아니구먼.”

“예?”

"원래 동정심 많은 놈치고 자기 행복한 놈 없거든. 늙은이가 된통 당한 게 불쌍해서 온 모양이지."

"겸사겸사요. 제 고민도 많습니다."

술잔을 깔끔히 비우자 노인이 잔을 다시 채웠다.

"무슨 고민?"

"이것저것 많죠. 어르신도 고민이 많아 밤바다에 나오셨습니까?"

"나야 뭐 자네들이 본 그대로지."

"제가 신세 진 것도 있는데 말동무라도 되어 드릴까요."

노인이 피식 웃었다.

"그럼 젊은이 고민부터 들어 봄세."

"찬물도 위아래가 있다는데, 어르신부터 하시죠."

"말대답 들어 보면 딱히 윗사람 챙기는 성미는 아닌데?"

아이고. 정말 말재간은 당해 낼 수가 없는 노인이구나.

준철은 시선을 피하며 잔을 비웠다.

밤바다가 유난히 아름다운 동해였다. 별도 유난히 많이 보이는 밤이었다. 서울과 확연하게 다른 풍경이었지만 머릿속에 드는 고민은 늘 하나였다.

"과거에 패악질을 많이 부리고 살았는데, 그 죄를 어떻게 씻어야 할지 모르겠습니다."

"흐허허. 겨우 세 잔에 취한 겐가? 서른도 안 되어 뵈는데 무슨 반백살처럼 얘기하고 앉았어."

"애늙은이 소리 많이 듣는 편입니다."

"구체적으로 뭔 죄를 지었고, 어떻게 살고 싶은데."

다사다난했던 전생 얘기를 어디서 풀어야 할까.

"이젠 잘 기억도 잘 안 납니다."

"기억이 안 나면 괴로울 것도 없잖아."

"그 비슷한 경험을 하면 자꾸 옛 생각이 나네요. 본의 아니게 자꾸 옛 생각이 나는 직업을 가졌고."

노인이 슬며시 웃었다.

"공무원이라더니, 경찰인 게로구먼. 학창 시절에 친구 좀 괴롭혔겠고?"

굳이 부정하지 않았다. 약한 놈들 때리고 괴롭힌 거나, 밥줄 막아 버린 거나 똑같은 거다.

"그럼 그것도 팔자려니 하고 받아들이시게. 소싯적 얘기하자면 나도 지독한 놈이었어. 근데 말년에 그런 악몽 꺼내서 뭣하겠나. 지금이라도 반듯하게 살면 되지."

노인은 짙은 한숨을 보였다.

"나도 자네하고 비슷한 처지야. 소싯적에 한 나쁜 짓 때문에 고통받고 있네."

"아까 무슨 어협 얘기가 나오던데……."

"그래, 내가 한때 어협 간부였지. 7년 전만 해도 내가 조합장이었어."

"아…… 그럼 탈퇴하신 겁니까?"

노인이 고개를 끄덕였다.

"그래. 처음엔 좋았지. 촌에서 완장 차고 다니니 오만 데서 다 대접을 해 주지 않겠나. 만날 술 얻어먹으러 다니고, 좋은 정보 있으면 돌려 보고."

"한데 왜……?"

"그 짓도 적당히 해야지. 지금 어협은 고이다 못해 썩은 물이야. 나도 딱히 깨끗한 놈은 아닌데, 이건 아니다 싶어 박차고 나왔네. 물론 그땐 이리될 줄 몰랐지만."

접대라면 그도 많이 받아 봤다.

친한 사람에게 어획량도 많이 줘 봤고, 정부 보조금을 빼돌려 술값으로 쓴 적도 많다.

그래서 더 부끄러웠다. 거기의 일원이었으면서 이제 와 세상 깨끗한 척을 다 하고 있다니.

"아이구야. 나도 나이를 먹더니 술을 못 이기는구먼."

노인은 이 얘기를 다 풀어놓더니 깊은 한숨을 내쉬었다.

"못 들은 걸로 해 주게. 이기적이지만 나도 손가락질받는 게 무서워."

"물론입니다. 근데 그 문제를 신고는 해 보셨습니까? 사안만 들어 봐선 형사처벌감인데요."

"하면 뭘 하겠나. 싸우면 조합원들과 모두 척을 지는 거야. 옆집 숟가락 개수도 다 아는 우리끼리 싸워서 뭐 해."

"근데 중개상인들까지 매수한 건 경우가 다르죠. 이건 비조합원들 아예 죽이려고 담합 조장까지 한 거 아닙니까.”

담합 조장?

노인의 눈동자가 커졌다.

중개상이 매수됐다는 걸 어떻게 파악했을까?

“자네가 그걸 어찌…….”

“어르신과 그 아주머니 상품이 유찰될 때 낌새가 이상했습니다. 이번에 유찰된 어민들은 전부 비조합원 출신 아닙니까?”

“맞긴 맞네만 그건 일반 사람들이 알긴 힘든데. 자네 혹시 진짜 해양수산부에서 일하나?”

“비슷한 계통에서 일하긴 합니다.”

그리 말하더니 준철이 마지막 잔을 비웠다.

“그러지 말고 어르신. 제가 신세 진 거 딱 한 번만 갚게 해주세요.”

“경매 준비하느라 다들 애썼어. 2차야 뭐 떨거지들 나오니까 신경 쓸 필요 없고. 이번 여름에도 이번처럼만 해 주게.”

중앙시장으로부터 멀리 떨어진 어협 사무소.

해가 쨍쨍한 대낮이었지만 여긴 벌써부터 막걸리판이 벌어졌다.

근무시간이기도 했지만 이래도 된다. 조합원장의 말대로 경매가 끝났으니까.

"조합원장님. 제가 한 잔 따르겠습니다!"

"허허. 사람하고는. 오늘 저녁에 제대로 달릴 거니까 낮술은 적당히 해."

"아이고- 추수감사절이나 다름없는데 하루 종일 취해도 무죄죠. 조합원장님의 노고 덕택에 이번에 고깃값도 잘 받아 냈습니다."

최 반장은 술병을 들며 알랑방귀를 뀌었다.

그도 그럴 것이 이번 가격 협상은 성공적이었다. 고깃값을 작년보다 10%나 인상하지 않았나. 동해의 모든 물고기가 다 어협으로 납품되고 있으니, 도매상에겐 부르는 게 값이었다.

"그나저나 이번에 고깃값을 더 인상할 수 있었는데, 참."

"그러게 말입니다. 그 눈엣가시 같은 비조합원들만 없었으면."

"그놈들이 자꾸 도매상들하고 직거래하니까 시세 방어가 잘 안 돼. 용케 이번 년엔 잘 넘겼어도 이거 언제까지 시달려야 하는지 원."

술판의 단골 안주는 비조합원들이었다.

정말 눈엣가시 같은 놈들이다. 독과점은 99%와 100%가 천지 차이 아닌가. 비조합원이 전부 어협에 가입하면 고깃값을 지금보다 두 배는 더 받을 수 있는데.

"그래도 저번에 최 반장이 행상 한 번 엎은 게 좀 파급력이 커. 깽판 한 번 쳐 놓으니까 가입 희망자 바짝 늘어났잖아."

"최 반장. 거 총대 한번 잘 멨다."

"총대는 무슨. 위에서 까라면 당연히 까는 거지 뭐."

조합원장은 최 반장에게 술잔을 건넸다.

"그 당연한 것도 막상 하려면 쉬운 일이 아니야. 내 잔 받지."

"아, 조합원장님. 감사합니다."

쪼르르-.

"다들 감탄만 하지 말고 보고들 배워. 협회가 뭐야? 남들이 다 더럽고 치사한 일이라 욕하는 거 솔선수범하는 게 협회지."

"아, 예."

"그게 또 어민들을 위한 일 아닌가. 우리가 그렇게 독점 납품받고 생선값 올리면 그 혜택이 다 누구한테 돌아가겠어. 어민들 아니야?"

"지당하신 말씀입니다. 다음 경매에선 더 분발하겠습니다."

조합원장을 허허 웃으며 잔을 높이 들었다.

"이번 잔은 우리 최 반장을 위하여."

"위하여!"

"조합원장님. 오늘 저희가 풀코스로 모시겠습니다!"

똑똑.

하지만 그 상기된 분위기는 오래가지 못했다. 풀코스에 막 진입하기 직전 바로 과속방지턱이 등장해 버렸다.

"저 조합원장님. 원광수산에서 찾아왔습니다."

"뭐?"

"김영호 전 조합원장님이 오셨는데……."

조합원장이 째릿한 눈빛을 보냈다.

"조합원장은 개뿔. 그게 언제 적 감투야?"

"죄, 죄송합니다. 김영호 사장이 찾아왔습니다."

"뭔 일로 왔대."

"직접 만나서 얘기를 좀 하고 싶다고…… 웬 젊은 남자와 함께 찾아왔습니다."

조합원장은 손을 휘휘 저으며 비서를 내보냈다.

그는 반쯤 남은 막걸리를 마저 비우며 말했다.

"뽄새를 보아하니, 어협에 재가입하겠다고 온 건 아닐 테고. 뭐야, 최 반장?"

"……저도 잘 모르겠습니다. 특이한 점은 없었는데."

"조합원장님. 혹시 그 젊은 남자라는 놈이 변호사 아닙니까. 그렇다면 저희도 대응을……."

"쓸데없는 소리 마. 어떤 변호사가 여기 황룡까지 찾아 와. 등기로 소장을 보냈겠지."

"아……."

진짜로 눈엣가시 같은 영감. 덕분에 술판의 흥도 팍 깨졌다. 조합원장은 긴 한숨을 내쉬며 담배를 물었다.

"오늘은 이쯤 하고 다들 돌아가. 혹시 모르니까 처신 조심해."

"예, 알겠습니다."

첫인상부터 마음에 안 든다.

생긴 것도 비호감인데, 술 냄새까지 풀풀 풍기고 있다.

30분 만에 나타난 놈은 막걸리 냄새를 잔뜩 풍기고 있었다. 딱히 취기를 감추려는 노력도 보이지 않았다.

"낮부터 술을 자셨는가?"

"좋은 날 아닙니까. 경매도 다 끝나서 회포 좀 풀고 있었습죠."

"아직 2차 경매가 남아서 축포를 터트리기엔 이른데."

"본게임은 1차 경매에서 다 끝나는데요, 뭐."

"암만 그래도 근무시간에 낮술 자시는 건 경우가 아니지."

"하하. 영감님. 어디 뭐 제 근태 관리하러 오셨습니까? 아, 무슨 얘길 꺼내시려고 시작부터 이렇게 까칠하세요."

조합원장은 약 올리듯 웃었다.

노인은 주먹에 힘이 들어갔지만 꾹 참았다. 저놈의 멱살을 잡아 봤자 손해 보는 건 이쪽이다.

"그래도 올해 겨울엔 오징어가 좀 잡혀서 다행입니다."

"그려. 예년엔 흉작이었는데 오징어가 어디 숨어 있었나 보구먼."

"원광수산도 어획량이 꽤 많다고 들었는데. 어떻게 재미 좀 보셨습니까?"

말본새하고는.

안부 인사 건네는 척 염장을 지른다.

"잡기야 잡았지. 팔 데가 없어 문제지만."

"개인 판매업자가 그래서 힘들죠. 그러지 말고 영감님도 이제 그만 어협으로 다시 오시죠. 그 연배에 고기 잡으랴 유통하랴 하면 제명에 다 못 삽니다."

"김 조합원장. 서로 사정 다 아니 우리 엄한 소리 그만하자. 이제 그만하시게."

"무슨 말씀인지."

"비조합원들이 이번 경매에서 모두 유찰을 당했어. 도매상인들이 우리 고기들은 아예 상품 검사도 안 해. 이거 모두 자네들 작품 아닌가."

노인이 직설적으로 말을 꺼내자 놈의 얼굴에도 웃음기가 가셨다.

"어르신. 거 위험한 말을 막 하십니다. 어디 뭐 우리가 도매상인들한테 협박이라도 했다는 거요?"

"아니라면 이런 일이 왜 일어났겠나."

"그거야 비조합원들 상품이 현저히 떨어지니 낙찰 못 받은 거겠지요."

"조합원장!"

"이제 보니 오늘 분풀이하러 오셨구먼. 왜요, 고기 못 파니까 괜히 어협이 원망스럽습니까? 그거 병이에요, 병."

노인은 손을 부르르 떨었다.

정말이지 주먹을 부르는 얼굴이다. 조합원들 고기가 불티나게 팔리는 와중에 비조합원들 상품이 유찰당했다.

마치 누가 각본이라도 내려 준 것처럼 정황이 딱딱 맞아떨어지는데, 이게 상품성 탓이라고?

"뭐 들을 얘긴 들었습니다. 시장에서 무단으로 행상 폈다가 우리 조합원들하고 쌈이 붙으셨다고. 근데 영감님. 아무리 그래도 이건 경우가 아니죠. 어민들의 권익을 위해 불철주야 뛰는 조합원 간부들 매도 말아요."

터진 입이라고 막말이 쏟아진다.

증거를 잡기 힘든 문제니 더욱 득의양양한 모양이다.

"하긴 비조합원들 못된 심보는 동해에서 모를 사람이 없지. 어민들끼리 서로 잘살아 보자고 협회 만들면 뭐 해. 자기들은 고기 한 마리라도 더 잡아서 팔아먹을 궁리뿐인데. 풍년에 고기 잘 잡힌다고 서로 잡아들 봐요. 고깃값 똥값 되면 같이 죽는 거요. 영감님이 얼마나 이기적인지 아시겠어요?"

"저- 말씀 중에 죄송하지만 그건 불공정상행위 같은데요."

조합장은 일장 연설을 늘어놓다 휙 하고 고개를 돌렸다.

"뉘십니까, 댁은?"

"관광객입니다. 어르신께 신세를 좀 진."

조합장 얼굴에서 김이 팍 샜다.

웬 젊은 놈 하나 데려와서 변호사인가 싶었더니 고작 관광객?

"근데 얘기만 들어 봐선 뭐가 좀 많이 이상해서요."

"저기요. 딱 보아하니 어디 서울에서 온 손님 같은데. 대화 들어 보면 낄 자리 안 낄 자리라는 거 몰라요?"

"제가 관련 업계에서 일을 좀 합니다. 공무원이거든요."

준철이 명함을 건네자, 그가 짐짓 긴장했다.

[공정거래위원회 종합감시국……]

"귀한 분이 누추한 곳엔 왜?"

"사실 선생님 말씀만 들으면 명백한 불공정상행위 같거든요. 담합."

"담합?"

"어획량이 많아지면 당연히 소비자들이 싼값에 구매하게 해야죠. 이걸 인위적으로 조절하는 건 넓은 의미에서 가격 담합입니다.”

전문적인 용어가 나오자 놈이 목소리가 부쩍 커졌다.

“어디 시답잖은 소리를! 그럼 배추 농사 풍년이라고 밭 갈아엎는 농부들은? 그놈들도 다 가격 담합하는 놈들이야?”

“밭은 개인 소유물이니까 사유지, 바다는 공동재산이니까 공유지. 법으로 가자면 이렇게 좀 다릅니다. 아, 물론 어획량 조절한다고 어민들이 모두 담합 가담자라는 게 아닙니다. 그것보단…….”

준철이 서류를 돌려 한 부분을 가리켰다.

“비조합원들을 차별하는 게 담합이란 뜻이죠.”

“차별? 우리가 대체 뭘 차별했다는 건데.”

“어르신 말씀대로 이번 경매에 비조합원들이 줄줄이 유찰을 당했어요.”

“방금 말했잖소! 상품성에 문제가 있으니 그랬다고.”

“만약 아니라면요? 만약 어협이 도매상인들에게 겁박을 했다면요?”

길길이 날뛰던 사내가 급격히 조용해졌다.

역시나 켕기는 게 있구나. 하긴 그게 아니라면 이런 각본은 나올 수가 없지.

“……우리가 그랬다는 증거 있어?”

그 말이 반갑게 들렸다.

보통 저런 말은 죄 자체를 부인할 수 없을 때 나오는 말이니까.

"아직 증거는 없습니다만, 잡히면 처벌이 크다는 거 아시죠. 처벌이 상당할 겁니다."

"그럼 어디 한번 잡아 보슈."

"……선생님. 굳이 이 싸움 길게 할 필요 있습니까. 어르신이 원하는 건 어협 간부들 처벌이 아니라 비조합원들의 생존권입니다."

"역시 그럼 그렇지. 짖는 개새끼치고 무는 개새끼 없다니까. 왜, 막상 잡으려니까 그건 못 하겠소?"

준철은 그를 빤히 노려봤다.

마음먹고 털면 어협 하나 못 털겠냐만 과장님이 이번 수사를 허락해 줄지는 자신 없었다. 피해 규모라 해 봤자 고작 몇백, 몇천이 전부인 민생 사건 아닌가.

"……정중히 부탁드리겠습니다. 비조합원도 경매에 참여할 수 있게 해 주십쇼."

"영감님. 이 젊은 놈은 어째 영감님보다 더 말귀를 못 알아먹습니다? 난 먼저 일어나겠수. 사람 말도 못 알아먹는 개새끼랑 대화 더 해서 뭐 해."

"저, 저 고얀 놈이 어딜……."

그리 말하며 그는 자리에서 진짜 일어나 버렸다.

노인은 조합원장의 모욕적인 말은 들리지도 않았다.

자신을 대신해 이런 치욕을 맛본 젊은이에게 미안한 마음뿐이었다.

노인은 안절부절못하며 눈치를 살폈다.

"미안허이. 괜히 자네 일도 아닌데 욕봤네."

"아닙니다. 그나저나 어르신께서 꽤 많이 욕보셨겠네요. 저런 사람을 상대해 왔으니."

"그러게 내 말하지 않았나. 말 안 들어 처먹을 놈이라고."

노인은 어깨를 토닥였다.

"우리 살길은 우리가 알아보지. 젊은 팀장님도 그만하소."

준철은 노인의 위로가 별로 들리지 않았다.

'기획안을 어떻게 올려야 수사가 떨어지지……?'

안타깝다.

공정위는 작은 사건도 큰일로 만들 수 있다는 걸 왜 모르는 걸까.

질 끝판왕 사망
한명그룹
김성균 본부
비조합원

"너 황릉에 낚시하러 갔다 온 거 아니냐?"

오 과장은 고운 목소리가 나오지 않았다.

"바닷바람 쐬러 갔으면 오징어나 잡아서 올 것이지 사건을 낚아 오면 어떡해?"

기념품도 참 독특한 놈이다. 고기 잡다 사건 낚아 오는 놈은 이놈이 처음일 거다.

"오징어도 몇 마리 잡아 왔습니다. 좀 드릴……."

어떻게든 분위기를 풀어 보려 했으나 오 과장 얼굴은 변함이 없었다.

"……죄송합니다."

"됐고. 난 이것만 봐서 왜 공정위가 나서야 하는지 모르겠는데?"

"규모는 작지만 민생사건이란 걸 참고해 주십쇼."

"그래서 더 싫다는 거야."

민생사건. 힘은 힘대로 들지만 모양은 안 나오는 사건.

대기업들 사건은 최소 수십억대라 실적이라도 챙긴다. 근데 이건 어민들 코 묻은 돈 놓고 싸우는 거다.

"단순히 규모가 작아서 이러는 게 아니야. 이런 데 공권력 함부로 개입하면 어떤 꼴 나오는 줄 알아? 있는 얘기 없는 얘기 부풀려서 당국에 다 일러바쳐."

"진흙탕 싸움은 각오하고 있습니다."

"진흙탕이 아니라 이거 똥물탕이야."

이쯤 했으면 보고서를 다시 가져가는 미덕을 보여야 하는데.

역시나 그런 모습은 기대할 수 없었다.

"옜장."

오 과장은 혀를 차며 보고서를 들었다.

그 서류 검토가 다 끝났을 땐 더 기가 찼다. 이놈이 낚시터 가서 기획안을 짜 왔나 싶을 만큼 완벽했기에.

"그러니까 담합 조장이라는 거네. 어협이 도매상인들 뒤에서 협박했고."

"예."

"꽤 자세하게 나와 있던데, 이거 어디서 제보받았나?"

"비조합원들 증언을 토대로 만들었습니다. 그쪽 조합장도 직접 만나 봤고요."

"뭐라든?"

"안 했답니다."

"끝이야?"

"예. 자기들은 도매상인들한테 협박한 적 없다 합니다."

촌에 사는 사람들이라 그런가. 변명이 순박하기 그지없다.

비조합원들 고기만 줄줄이 유찰을 당했는데, 안 했다는 변명이 끝이다.

"하지만 당한 사람들 얘기는 다릅니다. 오래전부터 어협에서 계속 수상한 분위기를 풍겼다고."

"구체적으로 어떻게 협박했는데."

"비조합원 물고기 사면, 어협에서 고기 안 팔아 버리는 식이요. 이러면 당연히 유통 규모가 큰 어협으로 줄 서게 되어 있습니다."

이게 만약 다른 산업 분야에서 일어났으면 독과점에 담합으로 막대한 과징금을 맞았을 거다.

하지만 상대는 어민협동조합. 농축수산업은 보호 업종으로 국가에서 가격 협상권을 인정하는 단체다. 한마디로 이걸 담합으로 볼지, 정당한 가격 협상권으로 볼지 애매했다.

"비조합원 차별은 부당하긴 한데…… 단순히 도의적인 잘못 아닌가."

"도매상들한테 협박했으니 문제죠. 판례 찾아보니 농협도 비슷한 일로 처벌받은 사례가 있었습니다."

"그럼 증거 좀 가져와 봐. 도매상들한테 협박했다는 근거가 뭐지?"

준철이 머리를 긁적였다. 민망한 소리를 꺼낼 수밖에 없다.

"제가 직접 봤습니다."

"뭐?"

"어시장에서 경매가 열렸는데 비조합원들 고기는 완전히 학살을 당했어요. 중개상인들이 조직적으로 경매에 참여하지 않았습니다."

"그러니까 네가 본 광경이 증거다? 녹취록이나 뭐 이런 게 발견된 게 아니고?"

"……."

"나 이런 미친 소리는 처음 들어 봐. 막말로 진짜 상품이 안 좋아서 입찰 안 했다 하면 끝나는데 대체 뭔 깡이냐?!"

오 과장은 후회가 들었다.

그때 위원장님 말에 따랐어야 했다. 어디로 튈지 모르는 이놈은 차라리 고위직들이 많은 본청에서 일하는 게 나을지도 모른다.

"과장님. 그러지 말고 한 번만 수사 허락해 주십쇼. 동해 수산의 유통권을 꽉 쥐고 있는 놈들이 비리 하나 안 저질렀겠습니까. 독과점에, 담합 혐의 분명 있습니다. 제가 꼭 밝혀내겠습니다.”

오 과장도 그 말만큼은 반박할 수 없었다.

절대 권력은 절대 부패한다. 이건 시장에서도 통용되는 말이다. 유통권을 꽉 쥐고 있는 놈들이 비리 하나 없다면 말이 안 되지.

“하아…….”

하지만 그럼에도 함부로 수사 결정을 내려 주기 싫었다.

엄정한 법 집행, 절차, 원리원칙. 다 필요 없는 소리 아닌가? 어민들은 공정위 앞에서 드러누워 버릴 수도 있는 사람들이다.

“어떤 점을 우려하시는지 압니다. 하지만 저희 타깃은 어민이 아닌 어협 간부들입니다.”

“비조합원 차별하는 건 암묵적으로 다 동의하는 바야. 어민들이 그걸 다 이해할 것 같아?”

“……최선을 다해 설득해 보겠습니다.”

“만약 수사 허락하면 어떻게 하게.”

“분명히 중개상들도 불만 많을 겁니다. 어협이 유통 꽉 쥐고 바가지도 많이 씌웠는데. 협박받은 사실만 밝혀내면 이 수사 금방 끝날 겁니다.”

오 과장은 준철을 빤히 바라봤다.

“일주일.”

"예?"

"그 이상은 나도 양보 못 해. 지금도 공정위 전 부처에서 인력 보내 달라고 아우성이야. 싫으면 관두든가."

"아이고— 열흘이면 충분하죠."

"나 열흘이라 한 적 없다. 일주일."

"과장님. 딱 열흘만 주십쇼. 그럼 무조건 마무리 짓겠습니다."

오 과장은 곁눈질을 보냈다. 하지만 준철도 물러설 기미는 보이지 않았다.

올해의 공정인상만 아니었으면 허락도 안 해 줄 수사였는데, 허공에 열흘을 뿌리게 생겼네.

탁—!

"그 약속 지켜. 너 열흘 넘어가면 무조건 강제 종료야."

"물론이죠. 감사합니다."

"나가 봐."

"아이고…… 이게 웬 날벼락이냐."

"그러게요. 앞으론 저 양반 어디 함부로 데려가면 안 되겠습니다."

수사 허락이 떨어지자 반원들은 한숨을 깊게 내쉬었다.

중공업 바다 떠돌아다닌 지가 언젠데 이젠 동해다.

올해의 공정인상은 독이 든 성배 같았다. 저 사고뭉치 팀장 밑에 오래 있다간 몸이 남아나지 않을 것이다.

"팀장님. 이거 다 정리했습니다."

"아, 네. 감사합니다."

김 반장은 어민협동조합 자료를 모두 정리해 보고했다.

준철은 서류를 쓱쓱 넘기며 물었다.

"조사하면서 뭐 특이한 점은 없었습니까?"

"말씀대로 규모가 제법 크더군요. 동해에서 잡은 물고기들은 전부 어협 통해서 유통됐습니다."

속된 말로 대한민국 오징어는 전부 어협을 통해 유통되고 있었다.

"그리고 여기 어협에 가입한 어민들이 한 90%. 비조합원은 사실상 없는 거나 다름없었습니다."

"가입자 90%면 거의 독점한 거나 다름없네요?"

"네. 그래서 그런지 유통 업계에 입김이 상당했습니다."

"그럼 유통 쪽에서도 반발이 있었을 텐데, 뭐 그런 건 없었습니까?"

"다들 쉬쉬하는 분위기예요. 어떻게 보면 그게 당연하죠. 어협에서 고기 안 주면 완전히 장사 접어야 하는데."

준철이 미간을 찌푸렸다.

역시나 상대의 힘이 너무 강하다. 협박받았단 진술을 받아

내는 것도 쉽지 않을 것이다.

"얘기 들어 보면 대형 마트도 한 수 접을 정도랍니다."

"확실히 유통을 꽉 쥐고 있는 게 무섭네요."

"네. 이런 놈들이 비조합원 죽이려고 덤벼들었는데, 당연히 게임이 안 되죠."

"그거 말고 다른 건 없었습니까? 협회 내부의 문제 같은 거."

"안 그래도 그 부분을 좀 찾아봤습니다만 뒷소문이 많더군요. 어협 간부들이 접대도 많이 받고, 어획량 나눌 때 이권도 많이 챙겨 갔다 합니다."

문제점은 곧 다음 장에서 드러났다.

어협이 어획량을 정해 주고, 가격을 통제하자 여기저기 불만이 속출한 것이다. 뿐만 아니라 한국 특유의 '협회' 고질병이 간부진 비리 비위 문제도 뒤따랐다.

"간부들이랑 친한 어민에겐 어획량을 늘려 주고 그랬나 봐요."

"이건 뭐 확인된 자료 있습니까?"

"애석하게도 소문만 무성했습니다. 어협이 워낙 유통 쪽 거물이다 보니, 다들 문제 제기하다가 중간에 취하하고 그랬죠. 근데 해마다 뒷말이 나온 걸 봐선 확실히 문제는 있어 보입니다."

서류가 넘어갈수록 준철은 조바심이 났다.

낚시하며 허탕 쳤던 그 싸한 느낌이 들었다. 입질이 계속 오긴 오는데 이렇다 할 큰 증거가 없지 않은가.

"팀장님. 노파심에 하는 말입니다만…… 이게 수사가 될까요? 저희도 작정하고 찾아봤는데 나온 게 겨우 이겁니다."

"됩니다. 결국 도매상인들한테 협박했나 안 했나가 관건이니까요. 반장님도 그거 보셨잖아요."

"……네. 보기야 봤죠."

신나게 타오르던 경매가 비조합원들 상품만 등장하면 썰렁해지지 않았나.

생선에 문외한인 자신이 봐도 기이한 광경이었다. 뒤에서 누가 협박하지 않았다면 이상한 일이지.

"그럼 저도 최대한 뭐 있나 더 알아보겠습니다."

"이거 복귀 첫날부터 너무 죄송합니다. 괜히 일을 또 만들어서."

"이 건은 제가 자초한 일 같네요. 팀장님 오징어 낚시 데려가는 게 아닌데."

"……너무 그러지 마세요. 딱 열흘만 만져 보다 없으면 손 털기로 했습니다."

"그 열흘 동안 또 얼마나 바다 구경을 다녀야 할지."

준철은 머리를 긁적이며 겸연쩍게 말했다.

"나머진 알아서 하겠습니다. 시간 늦었는데 먼저들 퇴근하세요."

반원들이 다 퇴근한 사무실.

고요한 적막 속에서 키보드 두드리는 소리만 울렸다. 준철은 퇴근도 미루고 서류 검토에 삼매경이었다.

'어딜 가나 유통은 항상 비리투성인데.'

그것도 독과점 유통이면 무소불위의 권력이지. 한명백화점을 떠올려 봐도 그랬다.

경쟁력 없는 브랜드 입점시키고 임원들이 뒷돈을 얼마나 챙겼는데.

분기마다 감사를 받는 기업이 그 정도면, 어협은 더했을 것이다.

'조합원들도 비조합원들이 싫었겠지. 차별하는 게 은근히 좋았을 거고.'

준철은 오 과장이 신신당부했던 말이 떠올랐다.

최대한 적을 만들지 말아라.

하지만 애초에 그럴 수가 없는 수사다. 어협은 비조합원들이 눈꼴시었을 것이고, 조합원장은 이 민심을 바탕으로 그들을 차별했을 것이다.

'수사 시작되면 정말 생선으로 한 대 맞겠는데.'

진흙탕이 아니라 똥물탕인 싸움.

하지만 한 가지만 생각하기로 했다. 노인은 어협 간부로 조합원장까지 지낸 인물 아닌가. 그런 사람이 비리 때문에 나왔다 할 정도면, 썩은 부위가 상당하다는 거다.

'아슬아슬하네. 협회 간부의 비리만 골라서 쳐야 하니.'

그렇게 마음을 다잡으며 다시 서류에 집중했다.

하지만 곧 기가 차는 한숨이 나왔다.

[중도인거래약정서]

한마디로 협회 가입자에게 받는 약정서인데, 그 내용을 요약하면 잡은 물고기를 모두 협회에 의무적으로 납품하라는 약정서였다.

그 약정서 하나로 어민들은 풍년에 어획량 이상의 물고기를 못 잡았고, 초과분을 다른 유통상에게도 팔 수 없었다.

'시세 유지하려고 물량을 철저히 통제했네.'

늘 이래 왔으니 밥상 물가가 떨어질 리 있나.

오징어가 3년 연속 풍년일 때도 가격은 늘 10%씩 상승해 왔다. 이것이 독점 유통과 담합의 힘이었다.

'비조합원들이 얼마나 미웠는지 가늠이…….'

그렇게 서류에 푹 빠져 있을 때.

"으……."

준철의 머릿속으로 또다시 불명의 통증이 강타해 왔다.

"그러니까…… 경매에서 비조합원 고기 사지 말라는 거 아닙니까?"

"뭐 쉽게 말하면 그렇게 되겠네요."

"최 반장. 아무리 우리가 중개상인들이라지만 이건 너무한 거 아니요."

"뭐가 너무?"

"어협 내부 일에 우리까지 간섭하고 싶지 않아요. 그쪽 일은 그쪽이 알아서 잘하셔야지."

"맞아요! 이건 좀 너무합니다."

낯선 사내들과 낯설지 않은 남자가 보였다.

익숙한 얼굴은 시장에서 깽판을 쳐 놓던 최 반장이었다. 그는 일전 봤던 것보다 더 심통 맞은 얼굴로 도매상인들을 노려봤다.

"그래서 협조 안 하겠다는 거요?"

"우리가 도울 수 있는 선에서 돕겠다는 거요."

"아니 우리가 무슨 돈을 상납하래, 고기를 직접 잡아 오래? 비조합원 상품 받으면 우리랑 거래 못 한다, 이게 이런 소리까지 들어야 할 애기요?"

도매상과 어협의 갑을 관계는 바로 드러났다.

최 반장이 눈살 한 번 찌푸리자 다들 시선 피하기 바빴다.

"누구 들으면 내가 칼 들고 협박한 줄 알겠네. 아, 그럼 사장님들 하고 싶은 대로 하쇼. 비조합원 고기 사면 우리 어협 고기는 안 팔 거야. 양자택일하면 될 거 아니요."

결국 줄 잘 서란 얘기다.

동해 수산의 90%를 꽉 쥐고 있는 놈들이 거래 끊겠다면, 누가 당해 낼 수 있겠는가.

"솔직히 우리도 참을 만큼 참았어. 사장님들 중 몇몇은 우리가 계속 예의주시하고 있었습니다. 비조합원들이 고기 좀 싸게 팔아 주니까 중간에 재미 본 사장님들 많았잖아요."

"그건……."

"속 좁게 책임을 묻겠다는 거 아닙니다. 지난 일 다 묻어 둘 테니 앞으론 좀 정상적으로 거래해 보자 이 말이요."

어협에 납품된 고기들은 가격을 철저하게 통제받는다.

비조합원은 여기에 구속되지 않으니 얼마든 싸게 팔 수 있었고.

똑같은 상품에 가격만 싸니 도매상들에게도 비조합원 고기는 매력적이었다. 오히려 비조합원 고기를 더 떼다 파는 이가 많았다.

하지만 만약 어협에서 아예 고기를 안 넘기면, 결국 줄은 어협에 설 수밖에 없었다.

개인 판매는 수급이 불안정한데, 그건 유통상들에게 가장 치명적인 문제였으니.

"혹여나 딴생각 말아요. 내가 사장님들께 전달하는 건 다 위에서 결정이 된 얘기요."

"……."

"경매에서 어떤 고기를 누가 낙찰받는지 다 지켜보고 있겠습니다."

준철의 미간이 좁혀졌다.

역시나 뒤에서 협박을 했구나! 솔직히 이건 정체불명의 대화가 아니더라도 알 수 있었다. 이렇게 눈에 빤히 보이는 걸 부인하다니, 그 뻔뻔함에 놀라울 뿐이다.

"조합원장님. 유통상들은 다 통보해 놨습니다."

그리 생각하고 있을 때, 정체불명의 대화가 다른 장면으로 넘어갔다.

"그래? 반발은 없고?"

목소리만 들어도 놈들이 누구인지 단번에 알 수 있었다.

근무시간에 낮술을 자시던 조합원장과 최 반장이었다.

"약간의 반발이 있긴 했지만 정면으로 들이받은 놈들은 없었습니다. 이번 경매에서 그놈들 아주 초상집이 될 겁니다."

조합원장은 담배 연기를 길게 내뿜었다.

"근데 최 반장. 아직도 그 영감은 요지부동이야?"

"원광수산 말씀이십니까."

"이 정도 했으면 조합에 가입할 때도 됐는데 영 소식이 없어?"

"죄송합니다. 아무리 구워삶아 봐도 요지부동입니다."

조합원장은 혀를 찼다.

어협 가입률을 끌어올려 협상력을 높여야 하는데, 계속해서 비조합원들이 훼방을 놓는다. 그들의 구심점 역할을 하는 게 바로 원광수산의 김 영감.

성질 같아선 그 영감의 배를 엎어 버리고 싶었다.

하지만 함부로 움직일 수 없었다. 한때 이 조합원장의 자리에 앉아 있던 노인 아닌가. 그가 입을 벙긋하면 어협의 입지도 위험해진다.

"본인도 여기서 해 처먹은 게 많으면서 왜 자꾸 말썽일까."

"그러게 말입니다."

"그래도 그 영감 계속해서 바깥에 두면 위험하다."

"물론이죠. 이번 경매서부터 작업 들어갈 테니, 곧 그 영감도 다시 돌아올 겁니다."

그리 말하며 조합원장이 서류를 건넸다.

"받아. 이게 이번 고깃값 합의안이다."

"아, 벌써 나왔군요."

"딱 10%만 더 올려 받기로 했어."

"조합원장님. 근데 이번엔 어획량이 많지 않아 20%까지도 더 받을 수……."

"걱정 마. 나머지는 다 따로 받기로 했으니까."

"아…… 죄송합니다."

"도매상들이 우리한테 따로 챙겨 줄 거야. 이건 어디 가서 말조심해. 함부로 새 나가면 우리 다 죽는다."

준철은 욕이 나왔다.

단순히 비조합원을 따돌린 것뿐 아니라 빽마진도 챙겼다.

고깃값을 더 쳐서 받을 수 있는데, 일부러 조금만 올린 것이다. 그 나머지 차액은 어협 간부들 떡값으로 챙겼겠지.

'이건 내가 노조들하고 임금 협상할 때 쓰던 방법인데.'

임금 상승 조금 시켜 주고, 노조 간부들한테 선물을 돌리던 일. 이건 김성균으로 있을 때 많이 행했던 짓이다.

기업에서나 볼 수 있던 광경이 어협에서도 벌어지고 있었다니.

"그리고 우리 이번 어획량은 장 사장하고 홍 사장 좀 챙겨 줘. 고깃값 10%만 올리자 할 때 바람 많이 잡아 줄 거야."

"아, 네."

친분에 따라 어획량이 들쭉날쭉하는 것도 사실이었다.

이 짧은 대화에서 벌써 비리가 몇 개나 발견된 건지 모른다.

횡령, 배임, 담합. 이 중에 두 가지는 공정위의 권한으로 다 처벌할 수도 없었다. 검찰에 기소까지 할 수 있는 문제다.

하지만.

"알겠습니다, 형님. 근데 저 이것도 그럼 이번엔 공평하게 합니까?"

반장이 내민 자료를 내밀자 조합장 얼굴이 심상찮게 변했다.

"정부 보조금인가?"

"예. 이번 어민 보조금은 20억입니다."

"은행으로 왔네."

"네. 적금 가입 시 6% 우대금리를 주는데…… 챙겨 받은 게 많으니 이건 좀 공평하게 돌릴까요?"

정부는 어민들에게 다양한 보조금을 지급해 준다.

그중 하나가 바로 이 우대금리인데. 어민으로 등록된 사람이 어협은행에 적금을 들면 우대금리에 비과세 혜택가지 줬다.

"근데 6%짜리 금리 상품이면…… 이거 놓치기 아까운 건 수기도 하고."

조합원장은 긴 고민에 잠겼다. 이미 배부를 만큼 챙겨 받았는데, 돈 욕심엔 끝이 없었다.

정부에서 주는 우대금리. 그야말로 앉아서 돈 버는 거다. 물론 스스로 벌 수는 없다. 친분 있는 어민들에게 미리 귀띔해서 선착순대로 짜르고, 나머지를 일반 어민들에게 뿌리는 구조.

그는 긴 고민에 휩싸이다 마저 말했다.

"이건 좀 더 두고 보자. 어차피 표가 안 나서 좀 해 먹어도 되겠네."

"어협은행요?"

이튿날 아침.

준철의 엉뚱한 지시에 김 반장의 눈이 커졌다. 담합 사건인데 갑자기 은행까지 치자니.

"네. 이거뿐 아니라 당시 경매에 참여했던 중개상인들 전부 연락 돌려 주세요."

"팀장님. 저희 시한이 열흘입니다. 무엇 때문에 대체 이러시는지."

마음만 같아선 불명의 대화를 그대로 전해 주고 싶은 심정이다.

"정부에서 어민들에게 준 보조금이 있는데, 용처가 좀 이상하네요."

"정부 보조금……? 그게 뭡니까?"

"어민들 적금 가입 상품에 정부가 우대금리를 줬거든요. 근데 이게 어협 간부 친한 순으로 돌아간 것 같습니다."

"그걸 팀장님께서 어찌 아십니까."

"믿을 만한 소식통에 들은 얘기예요."

대답이 길어질 것 같았기에 그리 둘러댔다.

김 반장의 얼굴은 완전히 굳어 버렸다. 단순한 담합 사건이 아니다. 정부 보조금까지 빼돌렸다면 횡령 · 배임까지 의

심된다는 것 아닌가.

그는 서류를 내려놓더니 물었다.

"팀장님. 이거 혹시 어디까지 연루되어 있다 보십니까. 어협 본부도 조사할 겁니까?"

어협은 여덟 개의 중간 조직으로 이어져 있다.

만약 준철의 말이 사실이라면 동해 지부만 치고 끝낼 수 없으리라.

"아직 나온 건 없지만 본부 관계자 얼굴은 한번 봐야지 않을까요."

"그럼 수사 열흘에 못 끝낼 겁니다. 열 달도 부족할걸요."

"아직 거기까진 생각 안 해 봤어요. 물론 저도 그렇게 마냥 키울 생각은 없습니다."

진짜로 안 믿기는 소리군.

"후우…… 그럼 검찰에 기소도 하실 거죠?"

"그때 봐서요. 일단 반장님 여기 도매상들 있잖습니까. 경매에 참여했던 중개상들. 싹 다 모아 주십쇼. 담합부터 확인하고 추후 결정하겠습니다."

천 리 길도 한 걸음부터.

일단 정체불명의 대화에서 들은 내용부터 확인해야 한다.

비조합원 고기를 조직적으로 판매 방해했다. 이는 명백한 불공정상행위로 이 협의에 가담한 중개상들도 자칫하면 공범이 될 수 있다.

이런 역학 관계를 잘 이용하여 자백을 최대한 빨리 받아내는 게 관건.

"알겠습니다. 근데 도매상들이 협박을 받았다 해도 우리 수사엔 협조 안 해 줄 거예요. 거긴 되도록 이 일에 끼어들고 싶지 않을 테니까."

"각오는 하고 있습니다."

김 반장은 어두운 얼굴로 그 서류를 받았다.

아무리 봐도 이 열흘 만에 끝날 수사가 아니다. 이 젊은 팀장은 명분을 다 찾아내서 기어코 수사 연장을 받아 낼 것 같았다.

준철의 오더로 수사는 척척 진행되었다.

종합팀은 정부 보조금이 어떻게 쓰였는지 조사했다. 그리고 그 광경은 준철이 불명의 대화에서 본 그대로였다.

어민들 지원 상품으로 나온 우대금리가 특정인들에게 집중적으로 쏠리지 않았나.

"보통 농협과 축협에서는 소득이 적은 순으로 정부 보조금을 지급합니다. 영세 어민들에게 우선 지급하죠. 근데 여긴 선착순으로 받았어요."

눈에 보이는 결과는 대단히 노골적이었다.

먼저 신청한 놈들에게 우대금리를 주겠다니. 그럼 간부들이 흘린 정보를 먼저 듣는 놈이 제일 유리하다.

"그리고 도매상들도 좀 만나 봤는데요. 아직 쉬쉬하긴 하지만 압력이 좀 있었던 것 같습니다. 왜 비조합원 고기 입찰 안 했냐 물으니 다들 엉뚱한 대답으로 둘러대더군요."

"알겠습니다. 그럼 이 자료 모두 어협 본부로 보내 주세요."

그렇게 준철은 정리된 모든 자료를 어협 본부로 보냈다.

어차피 이런 수사는 아랫놈 털어 봐야 말만 길어진다. 위에 까면 아래는 자동으로 나오지 않는가.

종로에 있는 어협중앙회로 이 모든 내용을 전달했다.

'의심되는 사례가 이렇게 있는데, 네들 자체 감사 좀 해 봐야겠어?'라는 의미의 공문 한 통.

사실 이건 핵폭탄이었다.

이미 수산 유통시장을 꽉 쥐고 있는 그들 아닌가. 평소에는 취약 업종이라 정부 보호를 받고 있는데, 이렇게 간부들의 비리 비위까지 발견되면 완전히 명분을 잃는다.

당연히 어협중앙회는 완전 난리가 났다.

즉시 감사팀을 꾸려 동해 지부에 조사하겠다는 답신이 왔다.

"도착했네요."

김 반장은 그 서류를 전달하며 말했다.

"근데 이거 이제 완전히 끝났습니다. 열흘 안에는 못 끝내겠어요."

"그럼 어쩔 수 없죠. 그래도 한 달 안에는 끝낼 수 있습니다."

"애초부터 목표는 한 달 아니었습니까? 과장님껜 거짓말 하신 거죠?"

"뭐…… 의도는 안 했는데."

"됐습니다. 중개상인들 다 집합시켰으니 내일 면담하시면 됩니다."

"고맙습니다, 반장님. 역시 반장님밖에 없네요."

준철은 웃으며 서류를 정리했다.

김 반장의 말대로 이건 열흘에 안 끝날지도 모른다. 본래라면 과장님께 허락받고 수사 연장을 요청하는 게 맞겠지만, 이번엔 그 반대로 했다.

'용서받는 게 허락받는 것보다 쉽지…….'

공정위 사무소로 소환된 도매상들은 시선을 어디에 둘지 몰랐다.

공정위, 어찌 보면 자신들과 정말 연관도 없는 곳 아닌가?

대기업들한텐 저승사자로 통한다는데, 그 때문인지 괜히

손에 진땀이 났다.

"본론부터 말씀드리겠습니다. 담합하셨죠."

"그게 무슨 말씀인지……."

"지난 황릉 중앙시장에서 있었던 생선 경매요. 이거 낙찰 상품을 살펴보니 뭔가 좀 이상하더라고요."

"이상이라니요."

"유찰품들이 전부 한 가지 특징을 가지고 있었습니다. 그게 뭔지는 잘 아시죠?"

일곱 명은 사색이 됐다. 설마 비조합원 상품에 입찰 안 했다는 걸 파악한 건가.

하지만 당황하기도 잠시.

"……그게 어떻게 담합입니까?"

잠깐 생각해 보니 자기들 잘못이 아닌 것 같다.

자기들이 무슨 물건값을 후려친 것도 아니고. 따지고 보면 이쪽도 어협에서 비싼 수수료 내고 사는 상인들이다.

"뭔 말인지는 모르겠지만 공정위가 번지수 잘못 찾은 거 아니요?"

"맞아. 우리야말로 어협 피해자예요. 가격 담합이면 그쪽 놈들 소환하셔야지."

준철은 펜을 내려놨다.

"꼭 그렇지만도 않아요. 담합의 정의가 꽤 넓어서."

"무슨 말씀인지."

"특정 단체의 요구를 받고 영업 방해에 가담하면 담합으로 볼 수 있거든요. 어협에서 압박을 했든 안 했든 사장님들께선 공범이 될 수도 있습니다."

공범이란 말에 사내들 얼굴이 더욱 어두워졌다.

"그, 그건 너무 억지 아니요. 따지고 보면 우리도 피해잔데!"

"그래서 저희가 기회를 드리고 싶다는 겁니다."

"……기회?"

"어협에서 사장님들께 무슨 협박을 했습니까. 비조합원 고기 사면 어협에서 거래 안 하겠다, 뭐 이런 얘기로 협박했죠."

다 아는 얘기지만 이들 입에서 직접 들어야 한다.

힘주어 묻자 그들끼리 치열하게 눈치를 주고받았다.

"서로 눈치 볼 필요 없습니다. 그냥 있는 그대로의 사실을 말씀해 주시면 됩니다."

"그 전에 먼저…… 대체 왜 이러시는지 설명해 주십쇼."

"사정이야 잘 알지 않습니까. 이번 경매에서 비조합원 상품들이 완전 학살을 당했어요. 어협이 경매에 참여하지 말라고 압박했습니까?"

그들은 다시 눈치를 살폈고 긴 시간 끝에 한 사내가 입을 열었다.

"뭐 하지 말아라 해라…… 이런 얘긴 직접 없었는데 대강 그런 얘기는 있었습니다."

"대강 그랬다는 게 무슨 뜻인지."

"너무 적나라하게 묻지 말아 주십쇼. 저희도 사정이 있지 않겠습니까."

"좋습니다. 그럼 그걸 주도한 사람은 누굽니까. 조합 반장은 아닐 테고, 원장? 아니면 본부협회 간부?"

또다시 질문이 집요해졌고, 7인방의 얼굴이 완전히 싸늘해졌다.

이거 완전 개똥 밟은 격 아닌가. 자신들의 잘못은 아닌데. 협박받고 한 일 때문에 여기까지 소환된 것이다.

하지만 협박받았다고 대놓고 말할 수도 없었다.

동해 생선을 전부 다 쥐고 있는 게 어협 동해 지부다. 말실수 한 번에 어쩌면 사업체가 박살 날 수도 있는 일이었다.

"……선생님. 그럼 그냥 그쪽과 해결하시지요. 솔직히 우린 중간에 낀 놈들 아닙니까. 어민들끼리의 문제에 함부로 관여하고 싶지 않습니다."

"그러면 가담자로 공범이 되어도 좋다는 말씀입니까?"

"고, 공범이라뇨. 그런 거 아닙니다."

"그런 게 아니면 왜 비조합원들 고기에 일부러 입찰 안 하셨어요? 이거 그대로 기소하면 선생님들이 혐의 다 뒤집어쓰는 겁니다."

"하아…… 제가 이런 말까진 안 하려 했는데."

그때 한 사내가 말했다.

"솔직히 이런 일이야 비일비재한 거 아녜요? 우린 여기서 무슨 말을 하든 죽는 꼴입니다."

"죽는 꼴요?"

"동해 유통은 어협이 꽉 쥐고 있어요. 만약 밀고라도 하면? 우리 업장 다 때려치워야 합니다."

"맞아요! 우리가 무슨 대형 마트 유통부도 아니고. 고작해야 생선 떼서 시장에 납품하는 도매상인데, 너무 심한 거 아닙니까?"

그들의 심정도 이해가 된다.

1억짜리 상품을 1억 2천에 사 오지 않았나. 차액 2천이 어민들 복리 증진에 쓰였는지, 간부들 뒷주머니로 갔는지는 솔직히 알 바가 아니다.

관여하고 싶지도 않을 것이다.

"그 부분은 걱정 마십쇼. 저희도 이 일로 사장님 업장에 피해 가는 일 없게끔 수사할 겁니다."

"어협 건들면 어민 전체를 적으로 돌리는데, 가당키나 해요?"

"어민 전체가 아니라 썩은 물고기 몇 마리만 걸러 낼 거거든요."

준철은 다시 목소리에 힘을 줬다.

"사장님들도 저희 수사에 돕는 게 편할 겁니다. 그간 어협 간부들 눈치 보느라 떡값도 돌리고, 부당한 지시에도 응하지 않았습니까."

"서, 선물은 그냥 관례상."

"그 모두 문제 삼자면 배임, 리베이트 혐의로 형사처벌도 시킬 수 있습니다."

자신들의 죄목이 직접 거론되자 이젠 더 이상 반발이 나오지 않았다.

"최종 몸통만 말해 주면 됩니다. 누굽니까? 조합원장입니까? 아님 본부 간부?"

단순히 썩은 고기 걸러 내는 수준이 아니다. 협회 본부까지 거론되는 거 보면 아예 물갈이를 해 버리겠단 얘기다.

하지만.

저 공범이란 말에는 맥을 추릴 수가 없었다.

"대답해 주십쇼."

"……조, 조합원장입니다."

"조합원장?"

"네. 최 반장이 와서 으름장을 놓긴 했는데, 전부 위에서 합의된 얘기라 했어요. 우리한테 뒷돈 요구하던 것도 조합원장이니, 이것도 그놈 작품일 겁니다."

준철은 바로 펜을 들었다.

"어떻게요?"

"말씀하신 그대로예요. 비조합원 상품 사지 말라고 예의주시하고 있다고 계속 겁을 줬습니다."

어협에 가입한 90%를 잃느냐. 비조합원 10%를 잃느냐. 이들에게 답은 이미 정해진 문제다.

"솔직히 말해 우리야 비조합원 많으면 많을수록 좋습니다. 풍년에 어획량 조절해서 생선값 올라가는데 중개상 누가 좋아해요?"

"우리가 그들과 공범이라는 건 진짜 억울한 말입니다."

그리 시간이 지나자 이들도 억울한 내용을 말하기 시작했다.

거의 봇물 터지듯 말이 나왔다.

준철은 속으로 쾌재를 불렀다. 역시나 쌓여 있던 게 많다. 이렇게 직접적인 진술이 나왔으니 열흘 안으로 끝낼 수도 있다.

준철은 그 모든 얘기를 서류로 정리하고, 가장 중요한 질문을 했다.

"그러니까 그 모든 게 다 조합원장 지시였다는 거죠? 더 윗선은 없었고."

동해 어협 지구.

경매가 끝난 한산함은 오래가지 않았다. 조합원장이 전 어민들을 비상소집해 버렸기 때문이다.

동네 사람 전체가 한자리에 모이는 건 그리 흔하지 않은 일이다.

어민들은 초조한 얼굴로 그를 기다렸다.

"안녕하십니까, 조합원 여러분. 김광식입니다."

이윽고 나타난 조합원장은 그리 인사했다.

"다름 아니라 오늘 저희들의 건전한 어민협회를 자꾸 침해하는 세력이 있어서 이리 비상소집하게 되었습니다."

침해?

"조합원장 그게 무슨 말이야?"

성질 급한 노인 하나가 날카롭게 물었다.

조합원장은 준비한 팜플릿을 어민들에게 돌렸다.

"현재 공정위가 저희를 조사하고 있더군요."

"공정위? 거긴 뭐 대기업들 갑질 조사하고 이런 데 아인가?"

"네. 근데 할 일도 없는지 우릴 담합 협의로 조사하겠답니다."

"여그 같은 촌구석에서 무신 놈의 담합?!"

"저희 어협이 어민들에게 고기를 납품받고 이를 한 번에 도매상들에게 넘기지 않겠습니까. 공정위는 이게 담합으로 보인답니다."

"아니 그게 어떻게 담합이여! 농수산물은 나라에서도 가격 협상 인정한 것이잖어!"

불안감을 조성하려 소집한 회의다. 왜곡된 진실을 전달했으니 당연히 불만이 터져 나올 수밖에. 그게 거짓말일 거라곤 아무도 의심하지 않았다.

조합원장은 이 불안감에 기름을 들이부었다.

"예. 법으로 보장된 권리죠. 우리뿐 아니라 농협, 축협도 다 똑같이 넘기고 있습니다."

"근데 그걸 왜?!"

"어획량 조절 때문이랍니다. 배추 농사 풍년이면 밭 갈아엎는데, 우리는 그러지 말랍니다. 그게 공유지와 사유지의 차이랍니다."

앉아 있던 어민들은 아예 자리를 들고 일어났다.

"아니, 그럼 앞으로 고깃값 떨어진다는 거 아니여!"

"예. 시정명령 떨어지면 재앙이나 다름없죠. 개인적으로 전 공정위 그것들이 유통상들한테 사주를 받지 않았나 싶습니다."

"이, 이 미친놈들이! 해서 지금 어디까지 얘기됐는데."

"이미 조사가 시작되어서 저희 본부에도 조사가 들어갔다 합니다. 곧 저를 포함한 동해 지부 간부가 전부 소환되지 싶습니다."

사리에 맞지 않는 얘기였으니, 이를 의심하는 이도 있었다.

"……조합원장. 그렇게 얘기를 들으니 모르겠네만. 그게 진짠가? 뭐 다른 얘기가 있는 거 아니야?"

"그게 맞습니다. 우리 어협이 조합원과 비조합을 차별한다나 뭐라나."

"그건 우리가 자성할 필요도 있지 않나요. 적당히 잘 해결할 수 있을 것……."

탕-!

누군가 의구심을 보이자 조합원장이 책상을 내리쳤다.

"이게 어떻게 차별입니까? 조합원들에게 혜택을 주는 게 어떻게 차별이에요."

"……."

"이건 괜히 건수 잡아서 고깃값 떨어뜨리려는 겁니다. 당하면 우리 전체에게 피해가 미칠 거예요."

무언가를 질문하고 싶어도 그럴 수가 없었다.

그가 워낙 단호하게 말하니, 아예 질문도 할 수 없었다. 그런 분위기에 휩쓸려 아무도 나서지 않는 게 모두 동의하는 것으로 보였다.

"하면…… 어찌해야 하는가?"

"다 같이 움직여야죠. 공정위에서 다음 주에 저희 지부로 온다 합니다. 그때 조합원 동지 여러분들께서 다 함께 모여주십쇼. 우리가 단체 행동하면 저놈들도 함부로 못 합니다."

어민들이 고개를 끄덕였다.

"그리고 한 가지 더. 공정위에서 저희 어협 직원들을 음해하려고 헛소문을 퍼트리고 있는 모양입니다."

"헛소문?"

"아직 실체는 확인되지 않았지만 일일이 대응하기도 가치 없을 만큼 허황된 얘기랍니다. 근데 여러분 제가 조합원들 등쳐 먹을 놈으로 보입니까? 제가 어협을 대표해 도매상들한테 가격 높여 받는데."

"암- 그렇제. 어협 없었으면 우리끼리 경쟁붙어서 고깃값 반으로 떨어졌제."

"그럼 그때 절 지지해 주십쇼. 어떠한 음해에도 조합원 여러분들이 흔들리지 않아 주셔야 합니다. 저도 힘이 닿는 데까지 죽어라 싸우겠습니다."

그의 말이 끝나자 우레와 같은 박수가 터져 나왔다.

조합원장은 비릿한 웃음을 감추며 고개를 숙였다. 사람 셋이 모이면 없는 호랑이도 만들어 낸다고 했다. 이 정도 머릿수면 대통령도 무섭지 않았다.

질 끝판왕 사망
한명그룹
김성균 본부
어쩌다 공개처형

두 번째 방문은 분위기가 심상치 않았다.

[공정위는 물러가라!]

[어민 때려잡는 강압 수사 중단하라!]

어협 사무실에 도착하자 살벌한 플래카드들이 반원들을 맞이했다. 문구도 문구지만 가장 마음에 안 드는 건 이 플래카드의 메신저였다.

-동해 지부 어민협회 일동

'이미 손을 쓴 건가?'

"……팀장님. 이미 손을 쓴 거 같은데요."

"그러게요."

"분위기가 심상치 않습니다. 일단 후퇴하고 어협 간부들을 소환하는 방식으로 수사할까요?"

"맞아요. 똥개도 집 앞에선 50점 먹고 들어가는데, 지금 분위기는 너무 불리합니다."

애초에 상식적인 대화를 기대할 수 없는 수사 아닌가. 무슨 봉변을 당할지 모른다.

"괜찮습니다. 겨우 똥개 한 마리 잡는데 집이면 어떻고, 바깥이면 어때요."

참으로 배포도 크지. 혐의를 다 파악해서 이제 드러내는 일만 남았다. 근데 이렇게 어민들을 단결시켜 버리다니.

당연히 정상적인 방법이 동원됐을 리 없다.

아마 뒤에서 엄청나게 선동하고 유언비어를 퍼트렸을 것이다.

"오랜만에 뵙습니다, 조합원장님."

그렇게 도착한 어협 사무실은 더욱 가관이었다.

네댓 명 되는 간부들이 전부 머리를 삭발한 채 빨간 띠를 두르고 있었으니 말이다.

"손 치우쇼. 우리가 넉살 좋게 악수할 사이는 아니잖아?"

"뭐, 그럼."

"오면서 우리 어민들의 플래카드는 보셨겠지?"

"네. 이것저것 많이들 준비하셨더군요."

"그게 지금 어민들의 민심입니다."

조합원장은 작심한 듯 서류 한 뭉치를 꺼냈다.

공정위의 강압 수사를 즉각 중단하라는 어민들의 탄원서였다.

"강압 수사 중단하고 썩 물러들 가! 무슨 공정위가 영세 어민들 생선값까지 참견하고 있어."

펄럭- 펄럭-.

그러거나 말거나. 준철은 잡지 읽듯 탄원서를 술술 넘겨 봤다.

"어떻게 이렇게 단시간에 사람들을 다 규합했나 했더니, 없는 말을 많이 지어내셨네요."

"없는 말?"

"우리가 여기 온 건 어민들 생선값 때문에 온 거 아니잖아요. 어협이 비조합원들 못살게 굴어서 온 거지."

"당신 말조심해. 그거 책임질 수 있는 말이야?"

말은 당당하게 했지만 놈의 얼굴은 썩어 들어갔다.

공정위가 내막에 대해 어느 정도 파악하고 있단 걸 느꼈기 때문이다.

"왜 없겠습니까. 도매상들한테 진술 다 나왔는데."

"……뭐?"

"비조합원 물건 사면, 조합에서 고기 안 넘겨 버린다 했죠? 덕분에 이번 경매에서 완전히 학살을 당했고."

"내 참 난 또 뭐라고. 우리 물건 사든가 그쪽 물건 사든가 양자택일하라 했소. 선택권을 줬는데 이게 담합이야?"

"네. 담합입니다. 유통시장을 독점하고 있는 단체가 그런 협박을 했으면, 반독점법 위반이죠."

무식한 건지, 뻔뻔한 건지.

놈은 방금 독과점, 우월적 시장 지위를 이용한 갑질, 담합 혐의를 자백한 것이나 다름없다.

"옘장할- 반독점이고 자시고 하나도 못 알아먹겠네. 그래서 우리 어민들 전체를 다 깜빵에 처넣겠단 거야?"

"수사 대상은 본인이지, 어민 전체가 아녜요."

"나를 건드는 것 자체가 전체 어민을 건드는 거야! 내가 누구를 대표해서 그 짓거리를 했는데!"

콰콰쾅-!

그때였다.

어협 사무실 밑층에서 시끌벅적한 소란이 들려왔다.

-아, 비켜! 우리가 못 올 데 왔어?

-그놈 새끼 당장 나오라 그래!

영문을 몰라 눈치를 살필 때, 갑자기 사무실 문이 부서졌다. 수십 명의 중, 노년 사내들이 현장을 덮친 것이다.

"이놈들이야? 이것들이 그 공정윈지 검찰이지 하는 놈들이지!"

그들은 난입하자마자 준철의 멱살을 휘어잡았다.

"야이 놈들아 어디서 코 묻은 돈을! 가서 대기업들이나 처잡을 것이지 왜 엄한 어민들 건드려?"

"우리가 유통상들한테 돈 좀 더 받는 게 그렇게 고까워? 생존 때문에 어획량 조절하는 게 그렇게 죽을죄야?"

투망을 던지던 손이라 그런지 다들 악력이 억세다.

물론 젊은 놈이 노인 하나 뿌리치지 못할까마는 함부로 제압할 수 없었다. 살짝 밀어도 으억– 하고 나자빠질 노인들 아닌가. 공정위가 사람 쳤다는 소문이 터질 것이다.

"놓으세요! 일단 놓으세요. 이거 놓고 말씀하세요!"

그렇게 반원들과 어민들의 대치가 이어졌다.

준철은 시달리는 와중에도 조합원장 얼굴에서 눈을 떼지 않았다.

슬슬 비웃으며 이 상황을 즐기고 있지 않은가. 이들이 등장한 타이밍이나 저 웃음이나. 상당히 계산된 각본임에 틀림없었다.

'하아…….'

각오하고 덤빈 일이지만 막상 상황에 닥치니 자괴감이 든다. 굴지의 대기업들을 다 상대해 봤지만 이런 굴욕은 처음이다. 과장님이 민생 사건 맡지 말라고 뜯어말릴 땐 다 이유가 있는 거였구나.

"그만들 하시죠. 자꾸 이러면 경찰 불러서 오겠습니다."

"뭐? 경찰?! 새파랗게 어린놈의 새끼가 어디 못 하는 말이 없어!"

"나이 많으면 젊은 놈 멱살 함부로 잡아도 되는 겁니까."

"이…… 이놈이."

그 틈을 타 준철은 멱살을 뿌리쳐 버렸다.

"다시 말하지만 오늘 저희는 대화하러 왔습니다. 궁금한 거 있으면 말로 물어봐 주세요."

역시 수사는 기세가 반이다.

당당한 목소리 때문인지 그들도 눈치를 살피기 시작했다.

"다 필요 없으니 여기 온 목적부터 말해! 네들 생선값 깎으려고 정부에서 온 놈들이지."

"요새 들어 어민 보조금이 팍팍 줄어든다 했더니만 네들 또 우리 못살게 굴려고 찾아온 거잖아."

"또 어떤 트집을 잡아 대려고."

야비한 놈.

어민들한텐 그렇게 말해 놓은 건가.

"전혀 아닙니다. 오늘 제가 온 건 비조합원들 차별 행위 때문에 온 겁니다. 어협의 가격 협상권을 건드리는 게 아니에요."

그리 말하자 조합원장이 나섰다.

"여러분 저 말장난에 속아 넘어가지 마세요! 우리 어민협회는 풍년마다 자체적으로 어획량 조절하고, 납품도 줄입니다. 이건 가격 담합이 아니라 어민들의 생존권을 위해 감산하는 겁니다."

그가 목소리를 더욱 돋웠다.

"근데 이 공공의 약속을 무시하고 어획 남발하는 비조합원들! 이 사람들한테 페널티 주는 게 그렇게 죽을죄입니까?"

"죽을죄라 한 적 없습니다. 하지만 경매를 방해하진 말아야죠."

"대체 누가 방해했다고? 비조합원 고기 사면 어협에선 고기를 아예 안 넘기겠다고 한 게 전부야."

"그게 협박입니다."

"그럼 도매상들은 그쪽 고기만 다루시든가. 누가 죽이겠대? 폭력을 휘둘렀어? 아, 상품 안 팔겠다고 하는 게 어떻게 죄냐고."

같은 말을 얼마나 더 해 줘야 할까. 유통시장을 꽉 쥐고 있는 네들이 그러면 독과점이라고.

준철은 그냥 포기했다. 이해를 못 하는 게 아니라 안 하려 하는 거다.

"여러분! 그리고 그게 시작이지 끝이겠습니까. 우리가 비조합원 내비 두면 결국 우리끼리 가격 싸움해야 돼요! 지금 우리가 납품을 한번에 받고 넘겨서 그나마 고깃값 높게 받는데, 우리끼리 가격 경쟁 붙으면 결국 다 죽는 거잖아요."

"저희는 그 부분을 건드리지 않았습니다."

"비조합원 권리 운운한 거 자체가 건드린 거야! 여러분, 이래도 이게 정당한 수사입니까."

조합원장이 또 바람잡이에 들어갔다.

준철도 더 이상은 듣고만 있을 수 없었다. 이해관계가 같다고 생각하니 사람들 모두 저 의견에 동조한다.

"그럼 이건 어떻게 설명하시겠어요."

준철은 서류 하나를 꺼냈다.

"지금까지 어민협동조합이 투명하게 운영됐는가, 여기에 대해서 어떻게 생각하세요?"

젠장. 이렇게 사람들 많이 모일 줄 알았다면 팸플릿을 따로 준비할걸.

조합원장은 그 서류를 보자 얼굴이 굳었다.

"어협이 친분 있는 사람에게 어획량 많이 내려줬죠? 그리고 어획량 초과 상품은 어협 간부들이 뒤로 납품받고 암시장에 유통시켰잖아요."

"이, 이게 무슨……."

"혐의는 이거 말고 또 있습니다. 보니까 정부 보조금도 많이 해 먹으셨더라고요."

전혀 다른 주제가 등장하자 사람들도 동요하기 시작했다.

"아실 분은 아실 겁니다. 이거 가입하는 어민들에게 정부가 비과세 혜택에 우대금리까지 주는 거."

"어협은행? 저놈 저 그거 말하는 건가, 보금자리 적금?"

"예. 보금자리 적금요. 이게 사실상 정부 보조금이나 다름 없는데, 어협은 좀 이상하게 기금 운용을 해 왔단 말이죠."

준철은 어렵게 얻은 기회에 열변을 토했다.

"보통은 수입이 적은 순으로 가입자를 받아요. 기금 운용의 목적이 영세 어민 지원이니까. 근데 어협은 이 적금을 선착순으로 가입받았습니다."

"무, 뭐시여?"

"나, 나도 완판됐다고 적금 못 들었는디."

"네. 그게 이상한 겁니다. 이런 상품이 선착순으로 돌면 당연히 정보에 가까운 사람들이 가입해 버리죠."

비슷한 업종인 농협과 축협은 당연히 수입순이었다.

"이렇게 불투명하게 운영하면 당연히 그에 대한 비리가 나올 수밖에 없습니다. 그래서 저희는 이 사실을 어협 본부에 의뢰했습니다."

"뭐…… 뭐랍니까?"

"동해 지부만 선착순으로 받고 다른 지부에선 취약계층 우선 가입으로 받았다더군요."

사람들의 눈이 흔들렸다.

평소엔 관심도 없었던 분야였다. 우대금리 6%라 해 봤자 얼마나 된다고. 하지만 그게 간부들 뒷주머니로 갔다면 용서 못 할 일이다. 게다가 매년 문제가 되는 어획량도 도마에 오르지 않았나.

"그, 그럼 그 어획량 얘기는 뭡니까?"

"진짜 우리 어협 간부가 뒤로 납품받았다는 거요?"

준철이 크게 끄덕였다.

"네. 거기에 대한 증거는 이미 저희가 도매상들에게서 입수했습니다."

"하……."

"현재 비조합원 중엔 이런 불투명한 구조에 불만을 품고 나가 계신 분들이 많습니다. 한데 어협은 자정의 노력 없이 무조건 배척만 합니다. 경매에서 따돌리는 건 굶어 죽으라는 뜻이지요."

이젠 사람들의 눈이 아예 조합원장에게 쏠렸다.

하지만 계속해서 나오는 적나라한 증거들 앞에 그의 변명도 궁색해졌다. 사실 그 누구보다 잘 알고 있지 않은가.

유통망을 쥔 자신들이 얼마나 큰 횡포를 부려 왔는지.

조합원장은 따가운 시선을 의식한 듯 말했다.

"여러분 이거 다 거짓말인 거 아시죠? 나는 하늘 한 점 부끄럼 없이 그런 적 없습……."

"없기는 뭘 없어?!"

또다시 거짓말이 시작될 때, 익숙한 목소리가 들려왔다.

"조합원장 그만하시게. 내가 어협에서 얼마나 굴러먹었는데, 그거 하나 모를까. 내가 나간 이유도 그거고, 자네들이

나를 어떻게든 재가입시키려던 것도 그거 아니야. 그게 평생 입막음이 될 줄 알았어!"

원광수산의 김영호 사장이 어협 사무실로 들어온 것이다.

노인의 등장에 좌중들이 술렁였다.

옆집 숟가락 개수도 속속들이 아는 게 이들이다. 노인과 어협의 복잡한 관계를 모르는 이는 없었다.

"뭐야? 당신은! 왜 뜬금없이 나타나서 엄한 소리야."

"엄한 소리는 자네가 하고 있지. 정부에서 보조금 주면 네들끼리 돌려 먹어, 어획량도 친분대로 노나 가져, 그리고 초과로 잡은 물고기는 따로 납품받고 암시장에 풀어 버리지 않나."

사람들의 고개가 휙휙 돌아갔다.

준철이 하는 말과 똑같은 말이었지만 사람들의 반응은 달랐다. 한때나마 그런 어협에 몸담았던 사람 아닌가.

"이 영감탱이가 어디 노망이 났나!"

조합원장도 이를 의식하는지 더욱 날카롭게 반응했다.

하지만 이젠 더 이상 악다구니를 쓴다고 넘어갈 분위기가 아니었다.

"아니, 대체 이게 뭔 얘기래요."

"조합원장. 그러지 말고 속 시원히 반박 좀 해 봐. 영감님이 무슨 말 하는 거야?"

시간이 지나자 의구심은 눈덩이처럼 불었다. 곧 시선이 한 곳으로 쏠리기 시작했다.

"사정 들어 보니 아주 없는 얘긴 아닌 것 같은데."

"맞아요. 나도 정부에서 우대금리 준다기에 적금 든다고 했는데, 구경도 못 해 봤어."

"어획량은 또 뭔 얘기야. 우리 몰래 뒤로 납품받은 거 있어?"

그 물음에 대답을 대신 한 건 준철이었다.

"모두 사실입니다. 저희 공정위는 현재 여기까지 수사를 진행했습니다."

준철은 어민들에게 서류를 돌렸다.

우대금리 상품이 선착순으로 가입된 정황, 어획량을 어협 멋대로 정해 준 정황, 초과 어획을 뒤로 납품받은 정황. 이 모두 관련 기관과 도매상들을 취조해 나온 결과였다.

"이, 이게 뭐야……."

"진짜네?"

젠장할. 진짜로 팸플릿이라도 가져올걸.

서류가 어민들의 손때를 타며 두루두루 돌았다. 그 실체를 확인한 어민들은 서서히 목소리를 높이기 시작했다.

"은행이 우덜한테 그짓말할 리는 없구. 조합원장. 이기 뭔가?"

"지, 진정하십쇼. 이거 다 거짓말인 거 아시잖아요."

"그짓말은 닝기미! 그럼 속 시원히 해명해 보라 이그야."

"어획량 마음대로 지정해 준다는 거 아주 옛날부터 떠돈

소문 아니야? 이게 진짜 사실이야?”

“도매상들이 증언도 했네. 네들 뒷납(뒤로 납품)받았냐? 풍년에 다 같이 고기 많이 잡으면 시세 무너진다며! 서로 양보해서 조금만 잡아야 된다며!”

어민들이 목소리를 높이자 조합원장도 덩달아 목소리를 높였다.

“조합원 동지들! 제가 분명 말씀드렸지요. 수사하다 보면 이런 말 같지도 않은 걸로 우릴 공격해 올 거라고.”

“그 무슨…….”

“그때 여러분들 뭐라 하셨습니까. 나 굳건히 믿고 흔들리지 않겠다 약조하지 않으셨습니까.”

“…….”

“막말로 어협이 있어서 우리 서로 불필요한 경쟁 안 했습니다. 100만 원짜리 고기를 120에 판 게 다 누구 덕이에요. 여러분들이 손해 본 거 있습니까?”

근데 어협이 무너지면 결국 손해가 갈 겁니다!

조합원장이 강조하고 싶은 말은 이거였다. 가격 협상권도 엄밀히 말하면 담합의 일종이니까. 비조합원들 차별을 정당화하는 것이다.

또다시 헛소리가 나오자 준철이 나섰다.

“맞습니다. 그래서 가격 협상권이 좋죠. 근데 그 차액 20만 원이 정말 어민들을 위해서 쓰였는가, 아니라는 겁니다.”

"넌 빠져 이 새끼야!"

"여러분께 손해는 안 갔지만 이득도 안 갔습니다. 왜냐면 그 돈은 모두 어협 간부진에게 돌아갔으니."

"이, 이놈이."

"한마디로 돈을 더 벌어다 주는 대신 그 차액은 자기들끼리 나눴다는 겁니다."

백문이 불여일견이라 했다. 공정위의 서류를 본 어민들은 완전히 싸늘한 분위기였다.

조합원장이 쩔쩔매자 노인이 그대로 말을 받았다.

"그 서류는 일획일점의 가감 없이 모두 사실이오. 내가 어협 간부로 지내지 않았습니까. 나 또한 이 일에 공범이라면 공범이요. 그래서 탈퇴하고도 여러분께 떳떳이 말할 수 없었습니다."

노인은 고개를 숙이며 마저 말했다.

"하지만 비조합원들의 경매를 조직적으로 방해하고, 왕따시키는 것엔 인내심의 한계가 달했습니다. 아닌 말로 우리도 서로 경쟁하고 품질 향상시키기 위해 노력해야 하지 않습니까?"

"……."

"어협이 유통권 꽉 쥐고 있다고 감 놔라 배 놔라 하는 건 있을 수가 없습니다. 물이 고이면 썩기 마련. 그 모든 걸 경험한 내가 이렇게 증언하겠습니다."

조합원장이 또다시 길길이 날뛰었다. 육두문자에 쌍소리까지 남발하며 갖은 발악을 부렸다. 하지만 분위기는 이전처럼 자신에게 우호적이지 않았다.

노인은 어협에 깊이 몸담았던 위인 아닌가.

이런 사태가 언제 펼쳐질지 몰라 그간 노인을 회유해 왔던 것이었는데. 결국 우려하던 그 그림이 터져 버리고야 만 것이다.

"그럼 지금까지 우리가 속아 왔단 거야?!"

"이런 미친!"

"그거 다 우릴 위한 일이라며. 비조합원 내비 둬선 안 된다며!"

그 실체를 알게 된 어민들은 이제 대놓고 분노를 표출했다.

"아, 아닙니다. 여러분. 그러지 말고 제 말을 한번……."

"야이 육시럴놈아! 어디 코 묻은 돈을 손대."

전세역전.

준철의 멱살을 틀어쥐던 손아귀가 이젠 다른 곳으로 향했다.

성난 어민들은 조합원장과 반장을 구석으로 몰았다. 위협적인 광경에 오히려 공정위 직원들이 어민들을 말렸다.

이 자리에 모인 비조합원들은 그 모습을 순순히 지켜보기만 했다.

굳이 주먹을 보탤 필요는 없다.

사필귀정, 이제야 일이 순리대로 돌아가는 것이다.

"대답해 봐! 이게 뭐야?!"

"에잇!"

그렇게 구석에 몰린 조합원장은 뜯어진 옷가지를 챙기며 겨우 자리에서 벗어났다.

"전무이사님. 한 번만 도와주십쇼."

조합원장은 쫓겨난 그 길로 바로 어협 본부로 향했다.

마지막 남은 희망이었다. 본부에서 도와주지 않는다면 검찰에 기소까지 될 수도 있다.

"그래서?"

저간의 사정을 모두 설명했지만 돌아오는 건 냉담한 반응이었다.

"이, 이사님. 제가 했던 일은 결국 비조합원을 가입시키려 했던 일입니다. 물론 그 과정에서 저희의 실수가 있었던 건 인정하지만……."

"나 길게 말하는 거 싫어해."

"어민들께 잘 설득해 주십쇼. 부탁드리겠습니다."

조합원장은 허리를 깊숙이 숙였다.

하지만 본부 이사의 얼굴은 조금의 미동도 없었다.

"설득이라. 그건 자네가 날 먼저 해야 할 것 같은데."

"예?"

"조합원장. 그간 우리 몰래 용돈 많이 챙겼더구먼? 정부에서 주는 우대금리 상품, 이거 왜 선착순으로 받았어? 영세 어민 우선 가입인 거 몰라?"

"제 불찰이었습니다."

"어획량도 그래. 민감한 시기엔 꼴뚜기 한 마리만 더 잡아도 서로 멱살 잡고 싸우는데, 이걸 네들 친분대로 할당해?"

"……."

"그리고 뒷납은 뭐야? 초과 수량을 뒤로 납품받고 시장에다 풀어? 똥이란 똥은 다 싸 놓고 이제 와 우리더러 치워 달라?"

변명하기엔 이미 늦은 시간.

공정위가 이미 공문을 보냈기에 본부에서도 내막을 다 알고 있었다.

"이것도 네가 해 처먹은 거에 비하면 반도 못 밝혀냈지? 내부감사 돌리니까 공정위가 아직 파악 못 한 내용도 수두룩하더만."

"전무이사님. 그건 제가 해명을……."

"그 입 닥쳐!"

뺨을 후려치고 싶은 걸 가까스로 참는 이사였다.

"네들 동해 지부 때문에 전국 어협이 다 조사받게 생겼는데, 해명?"

"……."

"이 새끼가 아직도 똥 된장을 구분 못 하고 있네."

조합원장은 아예 땅바닥에 고개를 처박았다.

"면목 없습니다. 정말 죄송합니다. 그래도 제 충정 하나만은 이해해 주십쇼. 비조합원들 가입시키려다 그런 실수가 나온 겁니다. 제발……."

놈이 닭똥 같은 눈물을 흘리며 말했다.

땅바닥에 바짝 엎드린 놈을 보며 전무이사가 긴 한숨을 내쉬었다.

"일어나."

"……."

"일어나!"

조합원장이 일어나자 또다시 날카로운 말이 쏟아졌다.

"앞으로 어떡할 거야."

"……내려 주시는 처분에 따르겠습니다."

"처분? 자네 이거 우리가 가만두면 옥살이까지 해야 돼. 기소는 당연한 거고 실형도 못 피한다고."

이번 사건으로 비조합원들이 입은 피해는 다 계산할 수도 없다. 횡령에 배임까지 걸렸으니 집행유예는 꿈도 못 꾼다.

"자신 있어?"

"이, 이사님……."

"썩을 놈의 새끼가 아직도 내 앞에서 거짓말이네. 왜 자꾸 마음에도 없는 소리를 하지?"

"아, 아닙니다. 따르겠습니다. 실형 살아야 되면 살겠습니다."

당연히 진정성 없는 말이었다.

하지만 이대로 내칠 수도 없는 노릇. 어협의 가입률을 끌어올리는 건 사실 본부의 방침이었다. 그 과정에서 비조합원을 차별하는 건 본부도 암묵적으로 용인하던 일이었다.

그래서 마냥 방관할 수만은 없는 문제였다.

만약 이놈이 정말 실형을 살게 되면, 취조실에서 어떤 얘기가 쏟아질지 모른다.

"긴말 안 하네. 기회 줄 테니까 옷 벗어."

"……예?"

"공정위에서 공문을 보냈어. 네들 썩은 물 좀 도려내면 시정명령으로 그치겠다고. 만약 아니면 검찰 수사가 전 어협에다 미치겠지."

"……."

"꼬리 자르기라 생각할 수도 있지만 그게 최선인 건 부정할 수 없다."

조합원장이 입술을 깨물었다.

그는 한동안 쏘아 대더니 그의 어깨를 두들겼다.

"조합원장. 잠깐만 죽어 지내자. 소나기는 피하고 봐야지.

어민들 설득은 우리가 나중에 한다."
"……."
"너뿐 아니라 네 라인 탔던 반장들까지. 사건 잠잠해지면 너 다시 부른다. 잠깐 휴가 간다고 생각해."
조합원장은 완전히 망연자실했다.
자기 라인을 탔던 모든 간부들의 은퇴. 이건 사실상 어협 내 영향력을 완전히 제거하겠단 뜻이다.
그리고 어민계에서 이건 사실상 추방령이나 다름없었다.
고기를 잡더라도 어협에 납품해서 돈을 받는데, 이런 과오를 저지른 사람이 어떻게 어협에 가입할 수 있겠나.
만약 고기를 계속 잡는다 해도 영원히 비조합원으로 살아야 한다.
자신이 평생 차별해 왔던 놈들의 무리로 돌아가야 하는 것이다.
"내 말 믿어. 나 그렇게 사람 쉽게 안 잊어. 이번 일 잠잠해지면 너 다시 부른다."
전무이사는 그리 말하며 서류를 건넸다.
해임장이었다.
조합원장은 그 서류만 봐도 알 수 있었다. 이번에 물러나면 다시는 여기에 발을 붙일 수 없을 것이다.

질 끝판왕 사망
한명그룹
김성균 본부
재경매

탁 트인 바다 전망.

누군가에겐 휴양지일지 모르나, 누군가에겐 치열한 생존의 장이다.

오늘은 준철에게도 이곳이 생존의 장으로 보였다.

"어휴 벌써부터 어수선하네요."

13일 아침.

한적한 황릉중앙시장이 다시 활기를 찾았다. 2차 경매를 앞두고 어민들과 도매상들이 또다시 한자리에 모였기 때문이다.

"이걸 떨이경매라 부른데요. 1차 때 안 팔린 떨이들을 재경매에 올린다고."

"그래요? 값은 좀 챙겨 간답니까?"

"아무래도 생선값이 많이 떨어지긴 하죠. 8할 건져 가면 많이 가져가는 거랍니다."

낚시터 3인방은 초조한 얼굴로 개장을 기다렸다.

그때는 관광객 신분이었지만 오늘은 조사관 자격으로 왔다. 준철은 가만히 한숨을 내쉬더니 박 조사관에게 물었다.

"시정명령서는 전달했죠?"

"네. 어협 본부에 직접 전달했고 시정하겠단 답도 왔습니다. 그 조합원장이랑 반장이란 놈은 싹 다 해임 처리시켰고요."

"다행이네요."

"……근데 도매상들이 입찰에 나서 줄지는 모르겠습니다."

썩은 이 두 개를 뽑아냈지만 안심하긴 이르다. 어협이 유통권을 꽉 쥐고 있단 사실은 변함없으니.

도매상들은 그들의 눈치를 보는 존재들이다. 하던 짓을 갑자기 안 할 리 없을 터. 분명 알아서 기는 도매상도 있을 것이다.

"오늘이 진짜 장날이구먼. 시장에 반가운 얼굴들만 잔뜩 보이고."

그리 걱정하고 있을 때 익숙한 목소리가 들려왔다.

"아, 어르신."

"시간 바쁜 사람들이 왜 또 어려운 걸음들 하셨어. 늙은이 걱정돼서 온 게야?"

"시정명령 잘 이행하고 있는지 확인하고 가야죠. 혹시 어협 소식은……."

"들었네. 조합원장 라인이 싹 다 밀려났다고. 고놈들 없으니 시장 바닥이 얼마나 반가운지 몰라."

노인은 잇몸까지 드러내며 웃었다.

하지만 복잡한 심정은 다 감출 수 없었다.

"혹시 상인들 분위기는 어떻습니까? 어협에서 경매 방해하지 않겠단 공문을 따로 전달했다고는 하는데."

"그 속을 어찌 알겠어. 그렇다고 비조합원이 조합이랑 친한 사이가 되는 건 아닌데."

"따로 수상한 분위기 같은 게 있으면……."

"예끼 이 사람아. 밥상 다 차려 줬는데 이젠 우리가 해야지. 걱정 붙들어 매게. 솔직히 6할만 받아 내도 잘 판 거야."

달관한 듯 말했지만 그 말이 진실일 리 없다.

불안할 것이다. 한철 농사의 결과가 나오는 날 아닌가. 2차 경매가 끝나면 동해에는 금어기(禁漁期)가 시작된다.

이들에겐 보릿고개나 다름없다. 오늘 재경매가 누구보다 초조할 것이다.

–자, 어려운 발걸음 해 주신 어민 여러분. 도매상 여러분. 지금부터 2차 재경매를 시작하겠습니다.

"어이구. 시작했구먼."

"먼저 가 보십쇼. 건투를 빕니다."

"그려. 오늘 생선값 두둑이 받으면 내 크게 한턱내지."

경매 중개인의 지시에 사람들의 발걸음이 빨라졌다.

보통 2차 경매는 상품성에 하자가 있어서 유찰된 상품들이 재경매에 오른다. 당연히 값도 떨어지고 참여자도 적다. 하지만 그 긴장감만큼은 두 배였다.

한 푼이라도 더 건지려는 어민들과 깎으려는 상인들의 치열한 줄다리기니 말이다.

—먼저 한 말씀 올리것습니다. 홍어도 삭힌 게 맛있고, 김치도 묵은 게 더 맛있지 않겠습니까. 오늘 열리는 2차 경매는 1차 상품과 거-의 차이는 없지만, 아쉽게도 주인을 못 찾은 고기들이 많이 기다리고 있습니다. 모쪼록 사장님들께선 좋은 상품 많이 찾아가시길 기원합니다.

중개인은 1차 때보다 더 준비된 멘트로 분위기를 한층 띄웠다.

—먼저 첫 상품은 태광 과메기. 백화점 납품 업체로 유명하지요? 싸모님들 입맛이 바뀌어 이번 년엔 많이 안 사갔다 합니다. 거두절미하고 50부터 시작하것습니다.

개장 첫 상품은 하자 상품이었다.

성어가 되기 전에 재수 없게 그물망에 걸린 모양이다. 익히 알던 과메기에 비해 반도 안 되는 크기였지만 식욕을 자극하기엔 모자람이 없었다.

"50."

"……."

"……."

"60."

"예- 예. 60까지 나왔습니다. 다른 사장님들 더 없습니까? 백화점에 납품하는 고급 상품입니다. 태광 과메기 더 없습니까?"

태광 과메기는 60만 원에 낙찰되었다.

1차 경매와 비교하면 다소 심심한 풍경. 하지만 낙찰사 사장님 얼굴은 어느 때보다 밝았다. 길 가다가 60만 원을 주운 거나 다름없으니.

그렇게 하자 상품들이 줄줄이 제 주인을 찾아갔다. 낙찰받은 어민들은 모두 흥겹게 웃었다. 본게임은 이미 1차 경매 때 끝났으니 홀가분할 것이다.

-그리고 다음 상품은…….

그러나 다음 경매가 시작되자 여유롭던 분위기가 금세 가셨다.

-원광오징어. 황릉에서 이거 안 먹어 봤으면 무장공비 아닙니꺼? 회 떠 먹어도 맛나고, 삶아 먹어도 맛있는 오징어. 50부터 시작하겠습니다.

하자 있는 다른 고기들과는 결이 다르다.

한눈에 봐도 실한 오징어가 2차 경매에 등장하지 않았나.

"하아……."

준철은 저도 모르게 신음이 나왔다.

저 비슷한 오징어가 불과 며칠 전만 해도 200에 시작했다. 그 또한 무섭게 치솟아 400, 500에 낙찰되었다.

한데 반의반도 안 되는 가격으로 경매에 오르다니.

'뭐야 이 분위기는…….'

더욱 마음에 안 드는 건 상인들의 반응이었다.

하자 상품들엔 무섭게 달려들더니, 비조합원의 상품이 경매에 오르자 쥐 죽은 듯 고요해져 버렸다.

역시나 도매상들의 알아서 기는 것까진 막을 수 없다는 건가.

"에…… 50? 없습니까? 튼실하고 좋은데요."

노인은 침을 꼴깍 삼켰다. 이를 바라보는 비조합원 심정도 마찬가지였다. 이게 곧 자신들의 운명이나 다름없었기에.

"없으시면 유찰토록……."

"……50."

그렇게 유찰되나 싶을 때쯤.

털북숭이 남자가 조심히 푯말을 들고 가격을 불렀다. 이를 시작으로 도매상들의 고개가 홱홱 돌아갔다.

"아 50! 나왔습니다. 예- 원광수산 오징어 튼실하지요. 다른 사장님 더 없습니까."

털북숭이를 보는 시선이 이구동성 같은 말을 하고 있다.

야이 정신 나간 놈아. 너 저게 어떤 고기인지 몰라?

"……60."

하지만 다음 가격이 나오자 분위기가 금세 격변했다.

"……70."

"80?"

"100!"

"150!"

"200!"

경매에 불이 붙은 건 찰나였다. 갑자기 가격에 불이 붙으며 단숨에 200까지 치솟은 것이다. 노인은 이 광경을 얼떨떨하게 바라봤지만 아직 놀라기엔 이르렀다.

"250!"

"300!"

"300까지 나왔습니더! 네- 2차 경매에서 이런 상품 잘 안 나오지요. 300도 거저 가져가는 겁니다."

"350!"

"400!"

그 광경을 지켜보던 3인방이 한 소리씩 거들었다.

"쳐 죽일 놈들. 400까지 가는 오징어를 유찰시켜 버려?"

"팀장님. 도매상들 확실히 무너진 것 같습니다."

그렇게 치솟은 가격은 치열한 접전 끝에 450으로 낙찰되었다. 그 뒤로 원광 과메기, 원광 방어, 양미리가 성황리에 제 주인을 찾아갔다.

노인은 감격에 젖은 눈으로 비조합원들과 손을 맞잡았다.

준철은 그와 눈이 마주쳤을 때, 슬쩍 고개를 숙였다.

'축하드려요.'

입모양으로 그리 말하면서.

"고맙습니다. 이거 다들 선생님 덕분입니다!"

치열했던 2차 경매가 끝난 후.

비조합원들은 잔뜩 상기된 얼굴로 3인방을 찾았다. 1차 경매에서 학살당했을 때와는 확연히 다른 분위기.

고기는 모두 제 주인을 찾아갔고 만족할 만한 가격을 받았다. 금어기를 버틸 수 있단 희망에 그늘진 얼굴은 찾아볼 수 없었다.

준철도 이들의 출하를 진심으로 축하해 줬다.

"고생하셨습니다. 값은 많이들 받으셨나요?"

"받다마다. 반이나 건져 가면 성공한 경맨데 몇 배를 받아 간 건지 모르겠습니다."

"앞으로도 좋은 고기 많이 잡아 주십쇼. 요즘 저도 물가가 무서워서 생선 잘 못 먹었는데……."

"아휴- 그럼 총각 이거라도 가져가. 방어 먹을 줄 알제?"

"아이고 아닙니다. 좋은 고기는 제값 내고 먹어야죠."

"그러지 말고 이거라도 받더라고. 우리가 제일 좋은 놈으로다가 선별해 주니께."

고마운 마음은 알겠다만…… 공무 수행 중 이런 거 받으면 바로 감사(監査)당해 버린다.

"됐어들 넣어 놔."

"아- 왜 또 영감님이 나서?"

"이번 수사하면서 적이 얼마나 많아졌는데. 줄 거면 어디 몰래라도 주든가. 보는 눈이 몇 갠데 이걸 덜컥 주고 그래."

"아, 이렇게 주면 안 되남."

할머니의 말에 웃음이 터졌다.

"받은 걸로 하겠습니다. 다음에 또 놀러 올 테니 그때 많이 먹겠습니다."

"오야- 참 훤칠한 젊은이가 말도 이쁘게 잘해. 혹시 뭐 짝지 없으면 우리 손녀도 공무원인디."

"할매. 어디 뭐 중매 서시러 왔어? 바쁜 사람이니까 얼른 보내 드려. 우리 때문에 또 야근하셔야 한대."

"저 영감은 귀신이 안 데려가나. 우리 손녀랑 잘되믄 서로 좋겠구먼."

아쉽지만 그들과는 짧은 인사로 끝내야 했다. 처음부터 사심 없는 수사였기에.

그렇게 모두들 물러갈 때 노인이 슬며시 말해 왔다.

"정말 하나도 받으면 안 되는가."

"예?"

"우리 원광오징어. 자네들 꼭 주고 싶어서 튼실한 놈으로 몇 놈 남겨 뒀거든."

"돌아가면 꼭 마트에서 사 먹겠습니다. 마음만으로도 감사해요."

"젊은 팀장님은 무슨 로봇 같구먼. 나오는 대답마다 기계처럼 해. 하긴 그 편이 서로 깔끔하긴 하지. 그래도 아쉬운데."

노인이 한참 입맛을 다셨지만 영 빈틈을 찾을 수 없었다.

"아무튼 고마우이. 우리네들 모두 어떻게 표현할 방법이 없어 그러지. 다들 진짜 고마워해."

"이미 표현 많이 하셨는데요 뭐. 감사히 받겠습니다."

"그래도 영 해 준 게 없어서……."

"아이고- 어르신. 여기 살아 있는 거 자체가 어르신 덕인데 무슨 해 준 게 없습니까. 그러지 말고 그냥 쌤쌤이 하세요. 그때 보건소 데려가 주신 거 평생 잊지 않겠습니다."

김 반장이 그렇게까지 말하고 나자 노인도 깔끔히 단념했다.

"그럼 저희는 이만 가 보도록 하겠습니다."

"고맙네. 진심으로 고마워."

"네. 저희도 감사합니다."

많은 아쉬움을 뒤로하고 준철은 자리를 물러났다.

지금 본분에 충실해라, 과거의 죄는 그리 만회하면 된다. 그 조언 하나만으로도 빚은 이미 갚았다.

"어떻게, 바로 서울로 갈까요? 아님 바닷바람 좀 쐬고 갈까요."

"올려야 될 서류가 산더미네요. 바로 가시죠."

"두 번 연속으로 바닷바람 쐐서 그런가 괜히 좀 아쉽네요."

"그럼 다음에도 바다랑 가까운 사건 맡을까요?"

"뭔 말을 말아야지."

3인방은 낄낄 웃으며 차에 올랐다.

준철은 시선을 돌렸다.

2차 경매가 끝난 시장은 한적하기 그지없었다.

이제야 경매가 정말 끝났나 보다.

질 끝판왕 사망
한명그룹
김성균 본부
8년의 담합 (1)

한 입 남은 토스트. 방전된 핸드폰.

눈을 떠 보니 봐서는 안 될 장면이 눈에 들어왔다.

"으악!"

참으로 희한한 일이다. 아주 잠깐 낮잠에 들었는데, 벌써 월요일이라니! 하루가 삭제되어 버렸다. 꼭 귀신에 홀린 것 같다.

준철은 비명을 지르며 화장실로 튀어 나갔다.

급한 대로 얼굴에 찬물을 때려 부었지만, 정신은 계속 몽롱하기만 했다.

"오늘 몸 상태 왜 이래."

어깨에 모래주머니가 한 트럭 있는 것 같은 기분.

한 번도 경험해 보지 못한 피로다. 보통 주말에 잠을 몰아서 자면 몸은 말짱해지곤 했는데, 아직도 천근만근 무겁지 않은가.

집 안에는 아직 생선 냄새도 가시지 않았다.

'진짜 건져 가는 거 하나 없네.'

이게 바로 어협 사건의 여파인가. 사건 해결보다는 후유증이 더 큰 수사인 것 같다. 여기엔 빡빡한 일정도 한몫했다.

보통 한 사건 끝나면 하루 이틀 휴가를 받건만 이번엔 그런 휴가를 기대할 수 없었다.

소리 소문도 없이 끝난 수사 아닌가.

주말에 일을 마치고 바로 출근하려니 고역이다.

부랴부랴 씻은 준철은 서둘러 핸드폰을 찾았다.

'하아.'

하지만 시간은 벌써 10시.

[팀장님. 뭔 일 있는 거 아니죠?! 일단 반차 처리해 놨습니다. 메시지 보면 바로 연락 주세요.]

핸드폰을 보니 김 반장의 부재중 통화가 수십 통이나 찍혀 있었다.

문득 자괴감이 들었다.

'내가 이렇게 저질 체력이었나.'

제일 젊은 놈이 제일 골골대고 있는 꼴이라니. 다음 달부턴 헬스든 뭐든 하나 시작해야 할 것 같다.

그렇게 자책하며 통화 버튼을 누르려 할 때.

준철의 머리카락을 쭈뼛 서게 하는 메시지 하나가 눈에 들었다.

[오늘 10시에 긴급회의. 전 팀장들 모두 과장실로 - 오 과장]

준철은 부르르 떨며 고개를 처박았다.

왜 하필 가는 날이 장날이란 말인가. 인생 첫 지각인데, 하필 그날이 과장님이 긴급회의를 소집한 날이다.

—한편 공정위는 이에 대한 시정명령을 전달했고, 어협 내부에서도 자정하겠단 의사를 밝혀 왔습니다. 다음 소식입니다.

과장실에 모인 다섯 팀장은 서로 눈치만 주고받았다.

과장님이 겨우 뉴스나 함께 보자고 소집하지 않았을 터. 표정으로 보나 분위기로 보나 큰 사건임에 틀림없다. 선뜻 얘기를 꺼내기 어려울 정도로.

다들 무거운 얼굴로 자리를 지킬 때 과장실 문이 열렸다.

"과장님. 이준철 팀장은 오전에 반차를 냈다 합니다."
"반차?"
"급성장염 때문에 병원엘 다녀온다고."
"이 자식은 황릉에서 뭘 주워 먹은 거야."
오 과장은 혀를 차며 주변을 살폈다.
좌불안석해 있는 이들의 얼굴이 말해 줬다. 더 이상 뜸 들이지 말고 빨리 말해 달라는 걸.
"월요일 아침부터 너무 정신없지?"
"아닙니다."
"다들 바쁠 테니 바로 본론 들어가자고. 신 팀장."
오 과장의 눈짓에 사내가 서류를 돌렸다.
"지금 철강사들의 담합 정황이 포착됐습니다. 이게 지금 공정위에 접수된 제보서입니다."
팀장들의 얼굴이 급격히 어두워졌다.
그냥 좀 큰 갑질 사건일 줄 알았는데 담합이라니!
그것도 동네 피시방 수준의 담합이 아니다. 국내 철강의 80%를 생산하고 있는 7개 사의 담합 정황이 소상히 적혀 있었다.
한동안 서류 검토가 이어졌고, 마침내 한 사내가 입을 열었다.
"신 팀장 이거 뭘 담합했다는 거야?"
"철스크랩, 고철 가격 담합입니다."

"고철이면 그…… 고물상들한테 납품받는 거 아니야?"

"네. 철강사들은 수집한 고철을 재가공해서 다시 팔고요. 그 7개의 제강사가 그 매입 가격을 후려쳤습니다."

국내 철강의 40%는 재활용이다.

대기업들이 고철을 매입하고 그걸 재가공해서 판다는 뜻.

하지만 7개의 철강사들은 이 시세를 조작했다. 원하는 가격으로 떨어질 때까지 모두 고철을 매입하지 않은 것이다.

그 적나라한 내막은 모두 서류에 담겨 있었다.

"다들 읽어 볼 만큼 읽어 본 것 같으니 이제 의견들 말해 봐."

"과장님. 이거 내부고발이라고 하셨는데…… 출처가 어디입니까?"

"아직은 익명이다."

"익명이면 신뢰성이 없다는 뜻 아닙니까."

한 사내의 의문에 팀장들이 동요했다.

"사실 저희 공정위에는 악의적인 제보도 많습니다. 고물상들이 가격 올리려고 일부러 저격했을 수도 있습니다."

"그 가능성도 열어 놓고 있어. 근데 그렇게 보기엔 제보가 너무 명료하거든."

"어떤 부분이……."

"각 철강사들의 재고 현황, 매입 날짜, 순이익. 이건 내부자 아닌 사람이 파악하기 힘들어. 나랑 신 팀장이 비교해 봤는데 모두 일치했다. 악의적 제보는 아니야."

오 과장도 처음엔 그렇게 믿고 싶었다. 고물상들의 악의적 제보라고.

하지만 회사 관계자가 아니면 도저히 알 수 없는 내용들이 제보서에 즐비했다.

"아무리 그래도 제보자 신상 파악이 먼저 아니겠습니까. 7사가 담합했다 하면 이게 어디서 터진 정보인지 파악해야죠."

"김 팀장은 아직 신뢰가 안 가는 거야?"

"그럴듯해 보이는 제보 믿고 덤비다 나중에 수사 꼬이면, 저희 바다 한가운데서 나침반 잃는 겁니다."

사실 이는 기본 중의 기본이다.

신원 확인도 안 된 내부고발자의 말을 어떻게 믿는단 말인가?

최소한 그놈이 내부인이라는 증거 정도는 확보해야 한다.

"타당한 지적이네. 좋아 또?"

"제보 내용만 가지고선 어떤 식으로 담합을 한 건지 모르겠습니다. 철강 같은 원자재는 국제 시세에 따라 어제 다르고 내일 다른데…… 이게 연결이 될지."

"그거라면 걱정 마. 우리도 결정적인 거 하나 잡았으니."

오 과장이 서류 하나를 꺼냈다.

"이게 글로벌 시세다. 보이는 대로 철강 시세가 38% 증가했지? 근데 동기간에 고철 가격은 10%가 하락했어. 사는 건

10% 싸게. 파는 건 40% 비싸게."

"혹시 다른 변수가 영향을 미쳤을……."

"전혀 없지. 고철은 늘 공급 부족이야. 거래가 뚝 끊긴 시점도 봐. 한날한시에 매입하고, 안 살 땐 다 같이 안 사잖아."

누가 인위적으로 조종하지 않으면 이런 그림은 절대 나올 수가 없다.

"이것도 봐. 매출에 큰 변화 없는데 순이익만 왕창 늘었지? 이게 무슨 그림이야. 하청들 쥐어짜 먹는 원청사 회계 자료 아니야."

배가 불러 터졌을 것이다. 10% 싸게 매입해서 40% 비싸게 파는데.

철강사들의 마진율은 주가 공시에서 그대로 확인할 수 있었다.

계속되는 증거들 앞에 팀장들의 반응도 바뀌었다.

"이거 해 먹어도 너무 해 먹었네."

"과장님. 말씀 듣고 보니 이거 굉장히 수상하긴 한데요? 이거 카르텔조사국에 넘기죠."

"제보자 신상 파악할 것도 없이 바로 수사 들어가도 되겠습니다."

그렇게 전 팀장들의 의견이 일치했을 때, 오 과장이 긴 한숨을 내쉬었다.

"좋아. 근데 문제가 하나 있다."

"예?"

"철상사들 가격 담합. 이거 카르텔조사국이 작년에 조사했다가 실패한 사건이야. 우리가 만지면 서로 좀 불편해질 수도 있다."

"……!"

팀장들이 모두 물러간 사무실.

오 과장은 제보서를 처음 올린 신 팀장과 독대했다.

"자네가 겁이 없는 건지, 아님 다른 팀장들이 신중한 건지 원."

"제가 원래 종합국에서 제일 겁 없는 놈 아닙니까. 하하."

"딴놈들 반응 보고도 그런 웃음이 나오냐."

"예상했던 반응이었습니다. 선뜻 나서기엔 어려운 사건이죠."

나오는 말과 달리 신 팀장 얼굴엔 아쉬움이 가득했다.

너무나 명확한 제보와 증거들 아닌가. 담합 이익도 수천억대다. 이대로 덮고 싶지 않은 수사다.

"자네 생각엔 변함없고?"

"이런 제보가 늘 있는 것도 아닌데, 이대로 덮는 건 아닌 것 같습니다."

"카르텔조사국도 제보 믿고 수사 시작했다더라. 우리도 똑같이 허탕 칠 수 있다."

신 팀장은 이해가 되지 않았다.

정말 다 완성된 밥상 아닌가. 퍼즐 한 조각만 끼워 맞추면 되는데, 카르텔국이 그걸 실패했다. 그만큼 그 퍼즐 한 조각 찾기가 힘들다는 건가?

"과장님께선 어떻게 생각하십니까."

"내 대답이야 빤하잖아. 카르텔조사국에 이 제보 내용 그대로 넘겨주지."

"그럼 당연히 안 할 겁니다. 이미 실패한 경험이 있는데."

"하든 말든 우리 소관 아니고. 우리보다 더 전문 부처가 이거 보고 안 했다? 그럼 나름의 이유가 있겠지."

절차대로라면 오 과장 말대로 하는 게 맞다.

담합은 카르텔국의 소관이니까. 그들에게 사건을 이관하고 손을 털면 만사 걱정할 게 없었다.

"그래도 저 이렇게 따로 부르신 거 보면 아예 안 하실 생각은 없는 것 같은데……."

"이젠 독심술도 해? 골치 아픈 사건 가져온 것도 괘씸한데."

"아이고- 그냥 과장님 스타일이 그렇다는 거죠."

오 과장은 눈을 흘기며 찻잔을 들었다. 얼굴엔 수심이 깊었다.

이번 사건을 맡으면 카르텔국과 얼굴을 붉힐 수밖에 없다.

만약 종합국이 실패한 수사를 카르텔국이 재수사한다면 마찬가지로 불편할 것이다.

"좀 유하게 설득해 보는 건 어떻습니까."

"뭘 어떻게?"

"그때보다 증거가 좀 풍부해진 것 같다. 한 번만 더 잘……."

"퍽이나 하겠냐. 재수사 자체가 민감한 얘긴데."

공무원에게 재수사는 치욕이다.

성공하면 지난 수사의 무능을 드러내는 것이고, 실패하면 같은 사건을 두 번 실패한 무능력자가 된다.

"아무튼 카르텔국에 얘기는 꺼내 보지. 내가 말하면 덮지는 않을 거야."

"죄송합니다, 과장님. 제가 또 괜히 겁 없이 이런 사건 끄집어내서."

"괜찮아. 너보다 겁 없는 놈한테 많이 당해 봤거든."

"예?"

똑똑.

그리 말할 때 노크 소리가 들렸다.

산발한 머리로 들어 온 준철은 넙죽 고개를 숙였다.

"죄송합니다, 과장님. 제가 급성장염에 걸려서."

"늦게 일어나서 반차 쓴 건 아니고?"

"아, 아닙니다. 황릉에서 잡은 오징어가 상했나 봐요. 주말에 괜히 먹어서…….”

“네가 황릉 가서 오징어를 잡긴 잡았냐?”

아, 맞다. 거기에 사람 잡으러 갔지. 준철은 겸연쩍게 머리를 긁적였다.

하여튼 귀신이다. 늦잠 자서 다급히 반차 쓴 걸 꿰뚫고 있다.

“신 팀장.”

“예.”

“오늘 회의 내용은 저 친구한테 잘 설명해 줘.”

“아, 예.”

“할 때 좀 조심해서 설명해. 저놈이 너보다 겁 없는 놈이니까.”

오 과장은 끌끌 웃으며 말했다.

“아무튼 두 사람 다 나가 봐. 카르텔국에 얘기해 보고 나중에 알려 주지.”

다음 권으로 이어집니다

ROK MEDIA
로크미디어
사령왕 카르나크
임경배 판타지 장편소설
『권왕전생』『이계 검왕 생존기』의 작가 임경배 신작!
죽음의 지배자, 사령왕 카르나크의 회귀 개과천선(?)기!
세계를 발밑에 둔 지 어언 100년
욕망도 감각도 없이 무심히 흘러가는 세월 속에서
결국 최후의 수단으로 회귀를 결심한 사령왕 카르나크!
충성스러운 심복, 데스 나이트 바로스와 함께
막 사령술에 입문한 때로 회귀하는 데 성공!
한 맺힌 먹방을 만끽하는 것도 잠시
뭔가 세상이…… 내가 알던 것과 좀 다르다?
세계의 절대 악은 아직 아무 짓도 하지 않았는데
멸망을 향해 미친 듯이 달려가는 이 세상
저 악의 축들을 저지해야 한다,
인간답게(!) 잘 먹고 잘 살기 위해서는!

ROK
MEDIA
로크미디어
로또부터 장군까지
게르만 현대 판타지 장편소설
충성! 소위 김대한, 회귀를 명받았습니다!
눈치면 눈치 실력이면 실력
재력까지 모두 갖춘 SSS급 장교가 나타났다!
학군단 출신으로 진급을 꿈꾸는 김대한
거지 같은 상관, 병신 같은 소대원들을 끼고서
열심히 했지만 결국 다섯 번째 진급 심사마저 떨어지고
홧김에 술을 마시고서 만취 후 눈을 뜨는데……
2013년 6월 21일 금요일
오늘 수료일이지? 이따 저녁에 집에서 고기 구워 먹자
삼겹살 사 갈게~^^ -엄마
췌장암 말기로 병원에 있어야 할 어머니의 문자
아니, 12년 전으로 돌아왔다고?
부조리 참교육부터 라인 잘 타는 법까지
경력직 장교가 알려 주는 슬기로운 군 생활!